LE RECUEIL DE RASMUS

Alexandre J. Weckx

Remerciements

Je remercie toutes les personnes qui m'ont apporté soutien, aide et inspiration. Sans ces êtres qui me sont chers, ma créativité n'aurait pas été égale. Ils seront éternellement dans mon cœur et dans mes pensées. Marie Navez pour ses multiples relectures, corrections durant tous ces mois. Arielle Cornette, Françoise Leplat et Matthias Vilain pour leurs conseils, soutiens et encouragements. Ils ont permis d'apporter corrections et améliorations tant dans le style que dans la forme. Mon frère Renjith Van Wolput et ma mère Nicole Louis pour leur avis précieux sur chacune des histoires. Je remercie tout particulièrement les trois personnes sans qui ce livre n'existerait pas. Ils ont été le déclenchement de cette aventure, mon inspiration et ma motivation. Merci à ma princesse aztèque Andrea Villanueva Guerrero et mes deux diabolitos, Arnau Ques Villanueva et Biel Ques Villanueva.

Tout commença un soir d'été, alors que les diabolitos s'apprêtaient à s'endormir, ils me demandèrent de conter une histoire. Ainsi fut créé mon premier conte, le deuxième de ce recueil, le géant de la forêt d'Aestwood. Ce livre a été écrit avec énormément d'amour et de passion pour mes trois amours. Merci à vous tous de faire partie de ma vie, vous êtes, tous, ma chance dans ce voyage sur Terre.

Préface

Puisque ce monde manque cruellement d'émerveillement, vous trouverez ici un univers où vous échapper. Ouvrez la porte, et rencontrez une ribambelle de créatures magiques : des dragons sages (ou pas trop), des enfants turbulents, des frères vaillants, des koalas généreux, des pirates gourmands, des fleurs amoureuses… et j'en passe.

Au fil de leurs histoires, souvent drôles et toujours morales, ces personnages attachants vous permettront de redécouvrir l'enfant qui est en vous, voire d'accompagner des enfants que vous aimez dans les bras de Morphée…

Bonne lecture à tous et toutes, petits et grands.

Table des matières

La divination du chaos 5
Le géant de la forêt d'Aestwood 24
La récolte de l'espérance 32
L'échange 51
Le lien fraternel 68
La princesse, le dragon… et le prince 88
La fille de la sandale 103
La fabrique et le lion 118
Akumi 133
La fleur du jardinier 157
Ma princesse aztèque 172
Le Jonas du Pirate 187
Le caprice du dragon 204
Rasmus 216

La divination du chaos

 l'aube de la création de notre planète, quatre divinités reçurent la lourde responsabilité d'en assurer la protection.

Ces divinités, esprits purs et immortels, n'étaient qu'omniconscience. Ils ne possédaient pas de corps physique. Mais pour mener à bien leur mission, une enveloppe plus que fonctionnelle serait nécessaire. C'est ainsi que fut créé le corps qui, des milliards d'années plus tard, servirait à la conception d'une nouvelle espèce, l'homo sapiens. Felyna, Ozone et Océane furent mises dans des corps de femme. Arnau quant à lui, reçut celui d'un homme. Ces éternels devaient prendre garde avec ce corps fait de chair et d'os, car celui-ci n'était pas invulnérable.

C'est ainsi que débarquèrent sur Terre quatre divinités à l'apparence humaine.

Ils vivaient à l'abri des regards, dans un palais de cristal situé au milieu de l'océan. Leur palais flottant était entouré d'une sphère magique qui les cachait au monde. À l'âge moderne, les Hommes appelèrent cette zone mystérieuse "le triangle des Bermudes".

Chacune de ces divinités disposait d'un don particulier. Un don qui leur avait été offert pour les aider à maintenir l'équilibre terrestre.

Arnau, le Dieu du chaos, contrôlait le temps. Il avait le don de créer tous types de phénomènes météorologiques, tels que des orages et des canicules. Il avait à charge la gestion des catastrophes naturelles nécessaires au bien-être de la planète.

Felyna, la déesse de l'amour, avait la capacité de communiquer avec tous les vivants. Que ce soit un animal ou un végétal, elle leur parlait. Les humains entendaient sa voix résonner au fond de leur tête. Ils lui donnèrent le nom de conscience.

Ozone était la déesse de l'air. Elle avait le pouvoir de contrôler tous les types de gaz. Sa mission première était de préserver la couche protectrice de la planète. Sans Ozone, aucune vie n'aurait pu voir le jour, la planète Terre serait une planète morte.

La dernière divinité, la plus puissante de toutes, était également la guide du groupe. Elle avait la lourde responsabilité de trancher les décisions. Océane, déesse des océans, n'était autre que la créatrice de toute vie sur Terre.

Hormis une petite erreur dans le passé, erreur dont ils avaient fait table rase, tout se déroula à merveille, et ce durant des millions d'années. Les vrais problèmes arrivèrent avec la création d'une nouvelle espèce, l'humain. Ces petits êtres avaient développé trop rapidement une forme d'intelligence. Mais de ce fait, elle était incomplète, défaillante, mais surtout, incontrôlable. Si bien qu'ils commencèrent à inventer toutes sortes de choses idiotes et dangereuses. Ils allaient jusqu'à détruire leur propre environnement au nom d'un pseudo progrès. Les humains les plus vicieux avaient trouvé un système pour soumettre leurs semblables. Ils les manipulaient grâce à de simples bouts de papiers et de ferrailles. Nombreux de ces humains tuaient par convoitise. Le mal s'était logé dans le cœur de cette espèce. Le monde sombrait dans la misère, les bons souffraient pendant que les mauvais festoyaient. Cela devait cesser.

Océane et Arnau se trouvaient tous deux dans la coupole du palais de cristal. Cette pièce était une salle d'observatoire. Grâce à un télescope divin, ils avaient une vue intégrale sur la Terre. Rien ne pouvait leur échapper.

- Océane ! Pose ton regard au sud et regarde-moi ces inutiles. Ils se battent encore et toujours ! Ils ne comprendront donc jamais rien. Je parie qu'ils se battent encore pour du pétrole. Si nous avons caché cette substance aussi profondément dans les sols, c'est qu'il y a une raison ! J'en ai plus qu'assez de réparer derrière eux. Tu vois Océane, ce n'étaient pas les dinosaures que nous aurions dû

exterminer ! Chapeau à notre guide. Je n'aurais jamais cru ça possible, mais je dois t'avouer qu'avec cette espèce, tu as réussi à faire pire, lui reprocha Arnau.
- Calme-toi, Arnau. Ils sont jeunes, laisse le temps à cette espèce d'apprendre de ses erreurs. Les dinosaures avaient atteint la limite. Leur évolution était terminée et c'était un fiasco. Ils étaient bien trop voraces. De vrais dangers pour l'équilibre planétaire. L'espèce humaine, elle, n'a pas encore atteint son évolution finale. Laisse-lui le temps Arnau. Et puis, c'est notre travail de maintenir cette planète, pas le leur. Fais-moi confiance, ils vont mûrir, répondit Océane.
- D'ici qu'ils apprennent, tout sera dévasté. Ça fait déjà deux mille ans que sans relâche, tu me répètes la même chose. Mais ouvre tes yeux Océane ! Ils vont de mal en pis !
Je suis fatigué de cette cruauté, fatigué de leurs mensonges, de leurs manipulations, de leur cupidité. Il faut que ça s'arrête. Cette espèce est corrompue et ils ne savent faire que détruire.
- Ils finiront par prendre conscience. Garde confiance en eux, et si tu n'y arrives pas, fie-toi à moi.
- Tu ne m'ôteras pas l'idée qu'il est temps de se débarrasser de ce problème. Il faudrait que je leur montre ce qu'est la cruauté. Peut-être qu'avec une petite démonstration, ils comprendront ce qu'est le bien et le mal !
- Arnau ça suffit ! hurla Océane.
J'ai dit non ! Fin de la discussion !

Je suis lasse de cette éternelle dispute au sujet de ces humains. Va-t'en et laisse-moi seule ! répondit Océane d'un ton agacé.

Furieux, Arnau quitta l'observatoire. Il n'en pouvait plus du comportement puéril des humains. Regarder le monde se consumer par leur faute lui devenait insupportable. Certes, le vice ne les avait pas tous corrompus, mais le mal régnait en leur sein. Pour Arnau, trouver un équilibre entre la nature et cette espèce relevait de l'impossible. Quel dommage qu'Océane refusait de l'écouter. Elle rejetait toute solution qui risquait d'impliquer une perte d'innocents. Aveuglé par un sentiment d'injustice, le dieu du chaos ne pouvait comprendre la passivité de sa guide. Et pourtant, la déesse des océans avait raison. Cette espèce en apprentissage pouvait s'améliorer. Océane restait confiante en leur futur.

Cette fois-ci, Arnau n'allait pas en rester là. Trop, c'était trop. Il décida de désobéir aux ordres et de faire un exemple. Au sud se déroulait une guerre qui perdurait depuis trop longtemps. Cette zone était parfaite pour une expédition punitive.

Il prit son envol en direction de l'Antarctique pour y rejoindre l'un des plus grands glaciers du monde, le glacier Beardmore. Sur place, il s'éleva haut dans les airs. Il ferma les yeux, tendit ses mains vers le glacier et se concentra. Ses paumes absorbèrent l'énergie des glaces éternelles. Aussitôt rechargé, il se déplaça jusqu'au sud. Tapi au milieu d'un de ses orages, le dieu du chaos était indétectable. Au-dessus de la zone de guerre, Arnau déclencha une tempête cauchemardesque.

Depuis des milliers d'années, il n'avait plus lancé un tel chaos sur la surface du globe. À l'époque, le déluge fut si apocalyptique, que sa légende ne cesse de perdurer dans les écrits.
Des pluies torrentielles suivies d'insatiables tornades s'abattirent sur le champ de bataille. Les torrents d'eaux glaciales engloutirent véhicules et soldats. Les vents violents, eux, se chargèrent d'anéantir les avions et les hélicoptères. Le cataclysme ne laissa aucun survivant.
Une fois les armées exterminées, Arnau déclencha ses foudres divines qui frappèrent avec intensité les multiples puits de pétrole présents dans cette région. Le dieu du chaos se débarrassa ainsi des causes d'une guerre absurde.

À son retour au palais, Océane et Felyna l'attendaient de pied ferme. Ozone se maintenait légèrement à l'écart. Elle se sentait mal à l'aise. D'un côté, elle ne pouvait s'opposer à sa guide, et d'un autre, elle se ralliait secrètement aux idées d'Arnau. Elle aussi, se fatiguait du mal humain.
Malheureusement, Arnau venait de perdre le contrôle de ses émotions. Il avait volontairement désobéi à un ordre suprême, et dans sa folie, avait semé mort et désolation. Pour cette ignominie, il devait être sanctionné.

Océane organisa une assemblée d'urgence afin de statuer sur son sort. Les débats nécessitaient temps et réflexion. La décision ne pouvait, en aucune manière, être prise à la légère. Chaque détail devait être analysé et raisonné. L'avenir de l'un des leurs était en jeu. Durant tout le déroulement de l'assemblée, Arnau resta fier et digne. Il assumait pleinement ses actes.

La séance touchait à sa fin, le temps était venu à Océane de prononcer son verdict.

- Arnau ! Nous étions ici pour juger tes faits graves. Le prix de tes actes fut lourd. Tu as mis en péril notre mission à tous. Nous avons écouté avec attention tes arguments. Mais la seule vérité, c'est que tu t'es abandonné à la colère. Tu critiques sans cesse les humains, et pourtant, tu as cédé à la même animosité.
Par conséquent, Felyna, Ozone et moi-même en concluons que tu n'es plus apte à mener à bien ton rôle. Après concertation, nous sommes parvenues à un accord te concernant.
Ton enveloppe charnelle sera dématérialisée. Tu retourneras auprès des nôtres. Tu t'y ressourceras et y retrouveras ta paix intérieure. Un nouvel esprit pur nous sera envoyé plus tard pour te remplacer. En l'attendant, je m'occuperai de tes tâches.
Moi, Océane, déesse des océans, déclare cette sentence irrévocable !
As-tu une dernière volonté avant que nous procédions à ta dématérialisation ?
- Mes amies, je reconnais avoir agi dans votre dos. Mais sachez que je ne regrette rien. Comme je vous l'ai dit, je n'ai fait que débarrasser ce monde d'êtres gangrénés par le mal. En réalité, vous devriez me remercier d'avoir mis fin à cette stupide guerre. Toutefois, j'assumerai mes responsabilités. C'est pourquoi j'accepte votre jugement.
Comme dernière faveur, je voudrais observer une dernière fois cette planète. J'aimerais rentrer chez nous avec le souvenir de sa beauté.

- C'est accordé Arnau. Je t'accompagnerai personnellement à l'observatoire. Ensuite, nous procéderons à l'atomisation de ton enveloppe corporelle, dit Océane.

Arnau fit ses adieux à Ozone et Felyna. Puis, accompagné d'Océane, il monta les escaliers jusqu'à la coupole du palais. La guide s'arrêta à l'entrée de l'observatoire. Sa présence ne devait pas perturber la dernière volonté de son ami. Cet instant de plaisir serait son dernier sur Terre, c'est pourquoi il fallait le laisser pleinement en profiter.
Le dieu du chaos s'approcha seul du télescope sacré. Il observait le monde avec la plus grande des attentions. Il pivotait et gesticulait dans tous les sens. Un léger mouvement de lèvres lui donnait l'impression d'opérer un comptage.

- Tu sais Océane ce qui me manquera le plus ? Ce sont nos belles conversations. Celles que nous avons partagées ici même, en tête à tête, dans ce magnifique observatoire. J'espère qu'un jour tu pourras me pardonner, dit-il avec tristesse.

Océane émue par ses paroles, se rapprocha de lui. Tout en restant légèrement derrière lui, elle caressa son épaule pour le réconforter.
C'est alors qu'Arnau se retourna brutalement vers elle en criant :

- Pardonne-moi Océane !

Il posa sa main droite sur la poitrine d'Océane et libéra l'énergie des glaces éternelles qu'il cachait en lui. La déesse des océans, prise de court, n'eut le temps de réagir. Lorsqu'elle réalisa ce qui se passait, il était déjà trop tard. Inerte, mais consciente, elle ne pouvait être que le témoin de sa propre mort. Sous l'effet d'un froid extrême, son thorax venait d'être gelé. C'est alors qu'Arnau, d'un geste brusque, y enfonça sa main. Il attrapa son cœur fraîchement givré, et le broya entre ses doigts.
Arnau ôta sa main du corps sans vie d'Océane, et la rattrapa dans ses bras avant qu'elle ne tombe. Il la serra fort contre lui, et avec grande délicatesse, l'allongea sur le sol.

- Un jour peut-être me comprendras-tu, un jour peut-être me pardonneras-tu. Maintenant, envole-toi, murmura-t-il à son oreille.

Telle la lumière d'une petite luciole, Océane, esprit pur et immortel, s'échappa de son enveloppe charnelle. Elle s'envola aux confins de l'Univers pour y rejoindre son peuple d'éternels.
Après ce départ inopiné, les eaux du globe commencèrent à se déchaîner. Les vagues incoercibles déferlaient sur les navires, ne laissant à ceux-ci aucune chance de s'en sortir. Par la suite, elles se changeaient en de colossaux raz-de-marée afin de se fracasser sur les villes du bord de mer. Le grand nettoyage était déclenché.

Les deux autres déesses qui étaient restées dans la cour observaient cet esprit s'éloigner. Elles y attendaient le retour de leur amie Océane. Mais ce fut une autre divinité qui apparut sur le perron du palais de cristal. Arnau calme et serein s'avançait vers elles. Son visage affichait un petit sourire sournois, et venait narguer l'effarement de ses deux alter ego. Son regard perçant ne se détachait pas un instant de la belle Ozone.

Felyna fut la première à réagir. Elle comprit en voyant Arnau que l'esprit qui venait de s'envoler n'était autre que celui de sa guide. Elle se précipita auprès du corps d'Océane, qui gisait encore tiède, sur le sol de l'observatoire. Dans sa hâte, elle frôla le dieu du chaos et croisa son regard. Mais ce dernier qui se désintéressait d'elle continuait à avancer, comme si de rien n'était. Seule Ozone lui importait. Arrivé face à elle, il lui présenta sa main encore gelée.

- L'heure est venue Ozone ! J'ai besoin de ton précieux don pour l'assainissement de cette planète. Je ne vais pas tourner autour du pot.
Soit tu es avec moi, soit nous nous battons ici même !
- Je suis avec toi Arnau. J'ai toujours été avec toi. Dis-moi ce que tu attends de moi, répondit Ozone.
- Il est venu le temps de frapper un grand coup. Il faut ôter à ces humains arrogants ce sentiment de toute puissance. Nous devons aussi couper toutes les têtes pensantes corrompues par le vice. Et je sais exactement comment nous y prendre.
- Et pour Felyna ?
- Elle a un rôle à jouer, mais vu les circonstances, elle refusera de m'écouter. C'est pourquoi je compte sur toi. Arrange-toi pour qu'elle vienne au

secours des autres espèces. Il est primordial qu'elle les mette à l'abri. Use de tous les stratagèmes possibles, mais elle doit le faire. Je te laisse t'en charger, tu as toute ma confiance.
Il me faut maintenant retourner dans le nord. Je vais avoir besoin d'un maximum d'énergie. N'oublie pas Ozone ! Fais bien comprendre à Felyna que si elle veut sauver ce qui peut encore l'être, elle n'a pas d'autre choix que de t'écouter.
- Bien Arnau, compte sur moi, je m'occupe d'elle. Mais dis-moi, comment vas-tu t'y prendre avec les humains ? Ils sont bien plus nombreux que la dernière fois, un Noé ne suffira pas ici.
- Ne t'inquiète pas pour ça, je t'expliquerai. Dès que tu as fini avec Felyna, rejoins-moi dans les glaces éternelles.

Le dieu du chaos s'envola pour l'Antarctique sans dire un mot de plus. Quant à la déesse de l'air, elle se rendit au palais. Dans l'observatoire, Felyna tenait dans ses bras l'enveloppe d'Océane. Elle pleurait sa disparition. La brutalité de son départ l'avait profondément ébranlée. Ozone entra dans la pièce, et tenta une approche.

- Felyna ! Ressaisis-toi, l'heure est grave ! dit-elle avec fermeté.
- Regarde ce que ce monstre à fait ! Que va-t-il advenir de la Terre ? De la vie ? De nous ? Toutes ces années de labeur, pour en arriver là ? Sans Océane, tout est fichu ! répondit Felyna, les yeux encore larmoyants.
- Oui, Arnau a perdu la tête et Océane n'est plus ici. Mais toi et moi, nous devons être fortes. Notre

devoir est de sauver ce qui peut l'être ! Alors, reprends-toi !
- Il va s'en prendre aux humains ? C'est ça ?
- Ni toi ni moi ne pouvons l'éviter. Nous ne sommes pas assez puissantes. La seule qui pouvait vaincre Arnau n'est plus parmi nous. Oublie les humains ! Il est déjà trop tard pour eux. Il n'y a qu'une chose à faire, c'est protéger les autres espèces. Tu as le pouvoir de les aider. Tu es leur conscience, leur instinct. Rentre dans leur tête et préviens-les du danger. Je t'en conjure, sauve-les.

Felyna acquiesça, sécha ses larmes et quitta le palais. Au centre de la cour, elle s'agenouilla, ferma les yeux et entra en méditation. Elle synchronisa son esprit avec celui des animaux.

« Fuis ! Fuis loin de tout humain. Abrite-toi ! Abrite-toi d'une mort imminente. »

Hormis les humains, son message se manifesta chez tous les animaux. Il avait été envoyé sous forme d'instinct de survie. Tous s'éloignèrent des zones peuplées. Très vite, montagnes, forêts, déserts et autres, se remplirent d'animaux de toutes sortes. Les terres recluses devenaient leur nouveau refuge.
Une fois les espèces mises en sécurité, Ozone partit au Nord pour y rejoindre le dieu du chaos.

Ozone arriva auprès d'Arnau. Suspendu dans les airs au-dessus du glacier, il en absorbait de ses paumes l'énergie. Chargé au maximum de sa capacité, il referma ses mains et se tourna vers sa nouvelle alliée.

- Il faut se débarrasser des fourvoyés, de tous ces humains dont l'âme ne peut être cicatrisée. Ceux qui ne méritent ni pardon ni salut, annonça Arnau.
- Ils sont nombreux, et surtout, répartis sur toute la planète. C'est impossible à faire sans qu'il y ait une réaction de leur part.
- Justement si ! Il faut faire une attaque simultanée. Nous devons détruire leurs sanctuaires. Je parle de détruire tout ce qui les fait se sentirent invulnérables. Bases militaires, parlements, centrales nucléaires, banques. Tout ce qui participe à la dégradation de cette Terre doit disparaître. Et quand cela sera fait, nous éliminerons les individus irrécupérables.
- Comment vas-tu les repérer ? Comment veux-tu faire une attaque globale sur toute la surface de la Terre ? C'est impossible sans tout anéantir !
- Pourquoi penses-tu que j'aie demandé à observer le monde ? J'ai eu largement le temps de les localiser. Et en ce qui concerne l'attaque, crois-moi, j'ai un plan infaillible.
Nous allons monter dans la thermosphère. De là nous aurons une vue parfaite pour lancer notre attaque. Je t'indiquerai toutes nos cibles et te dirai quoi faire.
- Très bien, ne perdons plus une minute de plus. Allons-y !

Les deux divinités commencèrent leur ascension vers les limites de la thermosphère.
Pendant ce temps, Felyna retourna dans l'observatoire. Elle réfléchissait à un moyen de stopper Arnau et

d'éviter un horrible massacre. Elle avait beau tourner la question dans tous les sens, le retour d'Océane était la seule solution. Sans la déesse des océans, c'était peine perdue. Elle seule possédait la force d'arrêter la turbine du chaos.
Mais le corps éventré de sa guide n'était plus en état de l'accueillir. Une enveloppe viable était nécessaire à son retour. Sous ce constat, Felyna prit une décision. Elle s'allongea sur le sol, bras croisés, et ferma les yeux. Après plusieurs secondes, elle ne bougeait plus, et cessa même de respirer. Sa bouche s'ouvrit, et libéra l'esprit pur qui s'éleva jusqu'au royaume éternel.
Dans le monde des immortels, Felyna retrouva Océane qui s'en allait faire son rapport au conseil suprême.

- Océane ! C'est moi, Felyna. Attends !
- Felyna ? Que fais-tu ici ? Arnau t'a eue toi aussi ?
- Océane écoute-moi. Tu dois retourner sur Terre, de suite !
- Non Felyna, je n'y ai plus ma place. J'ai échoué dans ma mission. Je suis en route pour le conseil suprême. Ils prendront eux-mêmes les décisions qui s'imposent. Je ne mérite pas de seconde chance !
- Ce n'est pas une question de mérite, c'est une question de responsabilité ! Arnau ne m'a pas dématérialisée. J'ai moi-même quitté mon enveloppe dans le seul but de te faire revenir. Alors maintenant tu vas m'écouter ! Tu es la seule à pouvoir arrêter la folie d'Arnau.
- Et Ozone ? Où est-elle ?
- Ozone s'est ralliée à lui. Ils vont déclencher la fin de l'humanité. Il faut les en empêcher. N'oublie

pas que les humains sont tes enfants ! Tu as le devoir de les protéger. Prends mon enveloppe, elle t'attend là-bas.
- Et toi Felyna ?
- Ne t'inquiète pas pour moi, je te ferai fabriquer une nouvelle enveloppe et tu me rendras la mienne quand tout ceci sera fini.
- Bien Felyna, tu as raison, je suis responsable de ma création. J'espère juste ne pas arriver trop tard. Je rentre sur Terre sur le champ.
- Fais très attention à toi Océane. À deux ils sont bien plus puissants. Une dernière chose avant que tu partes, je tiens très fort aux facultés de mon corps. Alors, prends-en grand soin s'il te plaît.
- Compte sur moi ! Merci à toi, Felyna. Nous nous reverrons au palais de cristal.

Dans l'espace, Ozone et Arnau observaient côte à côte la beauté de la planète bleue. Le dieu du chaos indiquait les cibles à frapper.

- Voici ce que tu vas faire. Délivre les gaz qui sommeillent dans les profondeurs. Uniquement les gaz explosifs et inflammables nous intéressent, précisa Arnau.
Amasse-les sur chacune des cibles. N'oublie pas que notre attaque doit être précise et rapide. Je serai ta mèche incendiaire.

Ozone ferma les yeux et tendit les mains vers la planète. Son niveau de concentration était au maximum. Son corps n'avait pas été conçu pour un tel effort, mais elle devait résister coûte que coûte. Ses muscles se tétanisaient et ses mains ne cessaient de trembler. Du sang coulait de son nez et de ses yeux. Les souffrances endurées étaient insupportables, et ce, même pour une déesse de son calibre. Elle hurlait de douleur. Ozone rouvrit ses yeux ensanglantés, et au même moment, des millions de sphères gazeuses sortirent de terre. D'un mouvement bref, elle écarta les bras et répartit les sphères sur les objectifs.

Arnau souriait du coin des lèvres. Les humains qui se trouvaient sous les gaz commençaient déjà à s'agiter. Afin de ne pas perturber la régénération d'Ozone, le dieu du chaos se décala en avant. Posément, il observa la planète de gauche à droite. Rien ne devait lui échapper. Tout en baissant la tête, il serra les poings. Sa peau se mit à blanchir, puis à scintiller. De son corps se dégagea une multitude de petits arcs électriques. Ces arcs se regroupaient tout autour de lui, formant une gigantesque boule d'énergie. Arnau redressa son visage, écarta les bras et ouvrit les mains. Il absorba de ses paumes cette immense boule électrique. Il visa la Terre, et lança son attaque. Du bout de ses doigts, le dieu du chaos libéra les foudres de sa colère. Celles-ci frappèrent avec ardeur les sphères de gaz placées par Ozone. Une explosion en chaîne s'en suivit sur toute la surface du globe. Plantations de drogues, usines d'armement, bourses, multinationales ou encore institutions politiques, tout ce qui se nourrissait du mal était rayé de la carte.

Océane se réveilla à l'intérieur du corps de Felyna. Elle sortit de suite du palais et calma les eaux folles avant de décoller. Il ne lui restait que peu de temps pour sauver sa création. Alors qu'elle était en vol, elle n'avait que des visions d'horreur. De nombreux édifices étaient en feu, alors que d'autres avaient carrément disparu pour faire place à d'énormes cratères. Les débris en tout genre jonchaient les sols. Les blessés agonisaient au milieu des cadavres et des foules en panique. Seuls les cris et les pleurs raisonnaient encore dans les villes dévastées.

La première phase avait été un succès. Maintenant était venue l'heure d'en finir avec toutes ces âmes perverties et corrompues. À vive allure, les deux divinités vengeresses redescendirent dans l'atmosphère. À six cents mètres du sol, elles s'arrêtèrent net. Arnau dirigea son regard sur le ciel, et l'assombrit de nuages gris. Il enfanta d'épais nuages de grêle, et, pour les transporter, déclencha des vents violents.

Arnau ferma les paupières, fit le vide dans son intérieur et atteignit la plénitude. Seule son ouïe était encore active. Arnau se concentrait sur les humains, et plus précisément, sur leurs battements de cœur. Avec la plus grande attention, il écoutait ces sons pour y repérer les fausses notes.

Ensuite, il ouvrit les yeux. Les vents se transformèrent en blizzards, et, déchaînèrent sur le monde des grêlons taillés comme des dagues. Ces froides lames percèrent le cœur des humains dont le mal était incurable. Tous les autres furent épargnés.

Océane arriva enfin sur les lieux.
Le dieu du chaos se posa au sol avec son alliée Ozone.

- Arnau ! Arrête ça tout de suite !
- Felyna, que viens-tu faire ici ! Reste où tu es, tu n'es pas de taille.

- Je ne suis pas Felyna. Regarde-moi bien Arnau !
- Océane !? Mais comment ?
- Oui, c'est moi, maintenant arrête ce massacre !
- Je ne sais pas comment tu as regagné ce corps, mais c'était inutile. Tu le sais aussi bien que moi, l'enveloppe de Felyna est trop fragile. Elle ne résistera pas à tes pouvoirs. Tu ne peux rien en faire contre moi.
- Et toi, Ozone, tu n'as rien à dire ? Au lieu de me regarder avec cet air ahuri ! Dis-moi, tu es fière de tout ça ? demanda Océane.
- Je suis désolée Océane, mais c'était nécessaire. Tu es restée trop longtemps aveuglée. Mais je te le redis, ce que nous avons fait, nous devions le faire, répondit Ozone.
- Écoutez-moi bien vous deux ! Felyna a fait le sacrifice de son corps pour que je mette un terme à votre folie, et c'est bien ce que je compte faire.
- Ne t'emballe pas Océane, il est déjà trop tard. C'est fini, enfin, presque fini. Il me reste juste une toute petite chose à accomplir. Un jour, peut-être, tu pourras pardonner à ton humble serviteur, dit-il en lui faisant la révérence.

Arnau mit un genou à terre, posa les mains contre le sol et observa le ciel. Ensuite, il tourna la tête vers Ozone, la regarda du coin de l'œil, et avec un sourire réconfortant, prononça ces quelques mots :

- Adieu mes amies !

Arnau, l'esprit pur, explosa. Les milliards de particules de son omniconscience se répandirent à travers le monde. Une partie de ces particules recouvrit la planète et la guérit de ses maux, tandis que l'autre se réfugia dans le cœur de chaque être afin de le purifier du mal.

Trois siècles plus tard, une nouvelle civilisation d'humains avait vu le jour. Une civilisation où l'amour et la solidarité primaient sur le reste. En guise de rédemption, Ozone avait activement participé à sa reconstruction. Grâce aux efforts de tous, l'humanité vivait enfin en symbiose avec sa planète. Les douleurs du passé avaient fait place au bonheur du présent.

Océane possédait son nouveau corps, et Felyna était à nouveau bien au chaud dans le sien. Les trois déesses admiraient chaque jour ce Nouveau Monde, sans jamais oublier les tumultes du passé. Dans ce monde paisible, elles firent le choix de ne plus vivre cachées.

Chaque année, les habitants de la Terre célébraient une fête en hommage à un dieu. Une divinité, qui au sacrifice de sa vie, offrit à tous les êtres vivants, une paix éternelle. Cette fête s'appelait la divination du chaos.

Le géant de la forêt d'Aestwood

En mille quatre cent quarante-huit, près du village d'Astaroth se trouvait la vaste forêt d'Aestwood. À trois lieues à l'intérieur de celle-ci, vivaient dans leur maison de chaume, un petit garçon de douze ans et sa mère, Eudes et Aurore. Chaque jour, Eudes devait traverser la pénombre de la forêt pour rejoindre le village, afin de rapporter un mélange d'herbes médicinales, préparé par l'herboriste du village pour apaiser la douleur de sa maman, causée par une maladie dont personne ne connaissait l'origine. La pauvre Aurore ne pouvait faire le moindre geste sans entendre craquer son corps, dans une souffrance terrible.

Eudes n'avait d'autre choix que de faire ce voyage, nul villageois ne voulait prendre le risque de pénétrer dans la forêt. Comme dans chaque village au moyen-âge, une histoire sombre se contait. Dans le village d'Astaroth, c'était celle d'un géant. Un géant qui vivait au fin fond de la forêt. Un géant cruel à l'odeur de fauve, qui se nourrissait des enfants qui croisaient sa route.

Un beau jour, Eudes fut prévenu par le palefrenier que d'horribles grondements avaient été entendus depuis la forêt, il n'y avait aucun doute pour lui, le monstrueux géant recherchait désespérément son succulent repas. Mais le petit garçon n'écoutant que son courage, empressé d'apporter le remède et calmer les douleurs de sa mère, emprunta le sentier poussiéreux qui le guida à travers la sombre forêt.

Après plus d'une heure de marche, Eudes entendit des craquements de branches venant des buissons qui longeaient le sentier. Insouciant de ce qui pourrait arriver, il s'arrêta et commença à remuer les branchages épais et touffus. Ne voyant rien d'anormal, il reprit sa route. Avant le coucher du soleil, il devait être rentré pour soigner sa mère Aurore. Il accéléra son rythme pour gagner du temps, mais les craquements, eux, devinrent aussi de plus en plus rapides. Eudes sentit la peur monter en lui. Il se mit à courir à grandes enjambées, repensant à l'histoire de ce mangeur d'enfants. Il paniqua et ne fut pas assez prudent. Dans sa course, il se prit les pieds dans une racine séchée par le temps et s'étala de tout son long sur la terre du sentier. Il prit appui sur les mains pour se relever tout en tournant la tête en direction des buissons. Ceux-ci remuèrent, remuèrent de plus en plus. Eudes était tétanisé par la peur. Ce fut à ce moment précis que s'éleva, à une vitesse prodigieuse, par-delà les feuillages, une ombre gigantesque. C'était le terrible géant. Il mesurait quatre

mètres. Vêtu de peaux de loups, il avait le visage sombre. Sa barbe fournie était d'un noir intense. Ses cheveux longs atteignaient ses hanches. Il avait une hache tranchante posée en travers de sa ceinture de cuir et était chaussé d'énormes bottes en poils d'ours brun.
Eudes se releva aussitôt, pensant fort à sa mère, il se remit à courir en criant désespérément au géant :

- NON, NE ME MANGEZ PAS ! JE SUIS POURRI ! J'AI DE LA FIÈVRE, MON CORPS N'EST PAS BON, PITIÉ !

Mais, simplement en marchant, le géant arriva à sa hauteur et l'attrapa de sa grande main velue. Le petit garçon s'évanouit sous la pression des doigts du géant.

Lorsque le soleil se coucha, plusieurs heures s'étaient écoulées, Eudes se réveilla lentement, ses paupières lourdes s'ouvrirent légèrement. Sa vue était trouble. Il lui fallut plusieurs secondes pour émerger complètement du sommeil.
Il se redressa et regarda autour de lui, il était assis sur une chaise énorme. Quatre personnes auraient pu facilement s'y installer. Devant lui, une gigantesque table en bois était garnie de délicieux mets, gâteaux au chocolat, bavarois aux fraises, quatre-quarts aux pommes, ainsi qu'une énorme coupe remplie de jus d'orange. Assis en face de lui, le géant l'observait en souriant.
Eudes se mit à trembler, la peur lui glaçait le sang, il craignait ce qui allait lui arriver, pensant qu'il allait être engraissé et dévoré. Ce fut à ce moment précis que le géant lui sourit et dit en ces termes :

- WHAA BONJOUR ! Je m'appelle Goreg. Tu veux être mon ami ? Je t'ai fait plein de gâteaux... Je me sens si seul, tu veux bien être mon ami ?

Eudes alors intrigué continua la discussion avec Goreg.

- Heu bon...bonjour, moi c'est Eudes. Je ne veux pas de tes gâteaux ! Je sais très bien qui tu es, tout le monde parle de toi au village, tu es le méchant géant, tu es LE mangeur d'enfants.
- MOUHAHAHA ! MAIS NON, MOUHAHAHA, ce village de TROUILLARDS ?! S'esclaffa Goreg.
- Depuis ma naissance, ils m'ont rejeté parce que je suis né différent, ils ont eu PEUR de moi et ils ont inventé toute cette histoire pour m'exclure, leur peur les a fait agir ainsi.
- Mais pourquoi ont-ils eu peur de toi si tu n'es pas méchant comme tu le dis ? Tu me caches quelque chose ! dit le petit garçon.
- Très bien, Eudes. Je vais te raconter mon histoire. Les adultes ne pensent plus avec le cœur comme les enfants, ils pensent beaucoup à eux-mêmes, à leurs intérêts, mais n'arrivent plus à se mettre dans la peau des autres afin de comprendre les différences qui font de ce monde une merveille. Je suis né il y a 46 ans, je n'ai jamais connu mon père. Lorsque je suis né, je mesurais déjà 90 cm, le prêtre d'Astaroth fut le premier à voir en ma taille une menace. Dès lors pendant mes premiers mois, il prêcha auprès du village que j'étais un démon, né pour punir les pécheurs d'Aestwood. À force

de paroles, il réussit à convaincre d'abord ses fidèles, et ensuite, quasi tous les villageois. Pour finir, ma mère a dû s'enfuir avec moi dans la forêt. Pendant plusieurs années, elle a pu me nourrir et me garder au chaud dans une grotte. Mais un beau jour, elle aussi est partie, épuisée par cette vie difficile, elle a rejoint l'autre monde. J'ai dû alors apprendre à chasser, pêcher, cultiver. Quand j'ai eu ma taille adulte, j'étais devenu fort et grand, j'ai conçu avec ma hache des blocs de pierre pour construire mon abri. J'y ai mis beaucoup de sueur, je voulais avoir un toit et vivre comme un homme, et non comme la bête qu'on a voulu faire de moi. Très vite, j'ai commencé à me sentir seul, et à être envahi d'une profonde tristesse. Un jour sombre, un enfant du village disparut. Le petit n'ayant jamais été retrouvé, j'étais devenu le coupable idéal. C'est ainsi que l'histoire du géant mangeur d'enfants est née.

Eudes, la larme à l'œil, se prit de tendresse pour Goreg et discuta longuement avec lui. Ils rigolaient, se racontaient des blagues tout en mangeant les délicieuses pâtisseries préparées par le doux géant.
Un long moment passa, quand jaillit de la fenêtre la lumière produite par la lune.
Avec un sursaut de panique, Eudes dit :

- Mon Dieu ! Il faut vite que je rentre, ma mère m'attend. Je dois aller lui apporter sa potion.

Le géant interpellé demanda quel était le problème avec sa mère, Eudes lui raconta en détail son quotidien, et

s'attardait sur les douleurs et symptômes vécus par sa pauvre maman.
Depuis tout ce temps passé en forêt, Goreg en connaissait chaque recoin et tous les secrets. Il expliqua au garçon qu'il en était devenu le gardien. Lors de ses balades, il soignait les animaux blessés qui croisaient son chemin. Il dit qu'Aurore, sa maman, souffrait d'une maladie des os. Cette maladie causée par l'humidité était fréquente chez les animaux de la forêt.
Le géant au grand cœur donna à Eudes une fiole en cristal qu'il sortit de sa bourse de cuir et lui dit ces mots :

- Verse le contenu de cette fiole dans un potage bien chaud, et donne-le à ta mère, elle doit la boire en entier, et tu verras le bien s'accomplir.

Eudes, excité par le présent offert, sauta sur la table, enlaça le géant et le serra affectueusement en le remerciant à plusieurs reprises.
Les deux nouveaux amis se dirent au revoir, et Eudes repartit avec le remède aider sa maman.
Il courut avec toute son énergie pour la rejoindre au plus vite. Il arriva chez lui au petit matin, Aurore dormait encore. Comme lui avait conseillé Goreg, il prépara un bon potage bien chaud et y versa le contenu de la fiole. Il se rendit au pied du lit de sa maman et la réveilla avec des mots d'amour. Il lui tendit le bol de soupe et lui dit :

- Je t'aime maman, je t'ai préparé un bon potage bien chaud, tu dois tout boire, jusqu'à la dernière goutte, car j'ai passé toute la nuit à te le préparer.

Grâce à ce potage, tes maux appartiendront au passé.

Malgré sa souffrance, Aurore lui tint un large sourire. Elle avait tellement mal qu'elle n'avait pas faim. Pourtant, elle but le potage de son fils, non pas parce qu'elle croyait aux dires d'Eudes, mais pour lui faire plaisir à son tour, en remerciement de l'effort qu'il lui avait consacré.
Aussitôt le bol de soupe vidé, Aurore sentit son corps se réchauffer, la chaleur se répandit très vite à travers l'ensemble de ses membres. La raideur de ceux-ci s'effaça peu à peu, et toutes ses douleurs disparurent progressivement.
Ses yeux brillèrent de mille feux, Eudes pouvait enfin voir le bonheur et la joie sur le visage de sa mère.
Le Géant venait de sauver le destin de cette petite famille.
La mère heureuse, soulagée, mais aussi surprise, demanda à son fils comment ce miracle avait pu se produire, elle savait bien qu'un simple potage ne pouvait la guérir, alors que la médecine du village, elle-même, en était bien incapable.
Eudes lui raconta tout son périple et sa merveilleuse rencontre avec Goreg le géant, ainsi que la fiole qui lui avait été donnée pour la guérir.
Il était, maintenant, primordial pour Aurore de remercier ce bon géant Goreg. Elle prépara de nombreux plats, tous plus savoureux les uns que les autres. Ils partirent au début de l'après-midi. Le garçon guida sa mère à travers les arbres. La mère et son fils arrivèrent devant le château. Goreg était là, coupant du bois pour se chauffer

durant la nuit. Eudes courut jusqu'à lui et sauta dans ses bras, en le remerciant encore et encore.
La maman se présenta à son tour, timidement, devant Goreg et lui tendit son panier rempli des délicieux mets.
Ils se mirent tous ensemble à table et discutèrent longtemps, en savourant un copieux dîner. Aurore désirait faire un geste de plus pour Goreg. Elle voulait se rendre au village et mettre fin à cette horrible histoire du monstrueux géant.
Mais Goreg refusa, il se sentait chez lui dans cette forêt. Pour lui cette vilaine histoire était essentielle, elle empêchait d'autres enfants de se perdre. À ses yeux, c'était bien plus précieux.
Régulièrement, la mère et son fils rendirent visite à Goreg.
Un jour, ils décidèrent de vivre tous ensemble au château. Ils y vécurent heureux, unis, et plus jamais ne se quittèrent.
Le géant par sa gentillesse avait gagné un ami, mais surtout grâce à sa bonté d'âme, il avait à présent une famille à aimer.

La récolte de l'espérance

Cette histoire mexicaine débuta fin des années cinquante au vingtième siècle. Elle prit ses racines dans la région montagnarde d'Oaxaca, lieu où cohabitaient paysans et citadins. Au milieu d'une des montagnes de la Sierra Madre, se trouvait un petit champ, propriété de la famille Guerrero. Les Guerrero vivaient de la culture du maïs. Ils ne possédaient que deux petits hectares de terre cultivable. Sur ce terrain avaient été bâties la maison familiale ainsi que la grange. Cette petite maison rustique avait été construite, il y a de ça des décennies, par le défunt patriarche, l'arrière-grand-père Gustavo Guerrero. La famille était aujourd'hui composée de cinq personnes. Roberto Guerrero, le père sévère, était un homme honnête et extrêmement fier. Felicita Ramos, la mère attentionnée était une femme travailleuse qui s'occupait autant de sa famille que du champ. Miranda Guerrero, la grand-mère robuste, était la mère de Roberto et la fille du défunt patriarche Gustavo. Cette gentille grand-mère était la plus compréhensive et la plus tolérante de la famille. Grâce à son grand âge et son expérience, elle arrivait toujours à trouver les mots pour calmer les tensions. Au sein de cette famille mexicaine, il y avait également deux enfants, Luis et Ofelia. Luis était un petit garçon de douze ans, toujours positif et prêt à rigoler. Ofelia était une jeune adolescente qui venait d'avoir quinze ans. Elle rêvait en permanence d'une vie de paillettes. Tous travaillaient dur pour subvenir aux besoins de la famille. La culture du maïs nécessitait énormément de temps et d'énergie, c'était une tâche très laborieuse. En dehors de la sécheresse et des animaux sauvages qui venaient se nourrir durant la nuit, il existait un combat permanent contre la corruption des élus locaux. Ceux-ci essayaient de voler la terre des plus petits agriculteurs pour l'offrir aux plus puissants afin d'acquérir leurs faveurs. Il fallait donc beaucoup de courage et de passion pour faire ce travail.

Tous les jours à l'exception du dimanche, les enfants devaient se rendre à l'école. L'établissement scolaire le plus proche était situé dans un petit village au pied de la montagne. Au lever du soleil, les deux enfants descendaient jusqu'au village avec leur petite bicyclette toute tachetée de rouille. Dans cette région du Mexique, les cours se donnaient uniquement le matin. Ils commençaient à sept heures pour terminer à midi pile. La route les menant au village durait un peu plus d'une heure. À la fin des cours, les enfants devaient repartir immédiatement afin de ne pas perdre de précieuses minutes. La montagne étant plus dure à monter qu'à descendre, le retour nécessitait plus de temps et d'énergie. L'après-midi après avoir mangé en famille, les enfants assistaient les parents qui travaillaient leur terre. Leur enfance pouvait paraître très pénible, mais dans cette région pauvre du Mexique, c'était la normalité.

Comme la majorité des enfants de paysans, ils avaient très peu de temps libre. La petite Guerrero qui rêvait sans cesse d'une autre vie souffrait énormément de cette situation. Influencée par ses revues parlant des célébrités, Ofelia s'imaginait en vedette de cinéma lorsqu'elle serait plus âgée. En pleine crise d'adolescence, la jeune fille était chaque jour un peu plus insolente et irrespectueuse avec ses parents. Les disputes qui s'intensifiaient au sein du foyer apportaient une atmosphère pesante. Quand la tension était trop forte, Ofelia pouvait devenir totalement incontrôlable et parfois, violente. Elle avait pris l'habitude de fuir le domicile tout en hurlant des horreurs à sa famille. Se sentant perdre le contrôle d'elle-même, la jeune fille préférait claquer la porte du foyer plutôt que de laisser son agressivité exploser aux yeux de tous. Roberto et Felicita étaient désemparés face au comportement ingérable de leur fille. Malgré le fait d'avoir essayé plusieurs méthodes différentes pour l'aider, la situation ne s'améliorait pas. Les parents ne savaient plus quoi faire pour la remettre sur le droit chemin. Lorsque les crises d'hystérie d'Ofelia étaient très violentes, elle pouvait disparaître deux journées complètes avant de donner signe de vie. Elle faisait selon son bon vouloir, sans se préoccuper de l'inquiétude de ses parents. Près de la rivière qui irriguait le champ des Guerrero, se trouvait une petite cabane en bois. Elle servait essentiellement de terrain de jeu aux enfants. Lors de ses fugues, Ofelia s'y réfugiait de temps à autre afin de se retrouver au calme et de reprendre ses esprits. Ce petit refuge, construit à côté de l'eau ruisselante, avait quelque chose de très apaisant. Mais, la plupart du temps, la jeune adolescente descendait jusqu'au village pour y retrouver une bande de jeunes peu fréquentables. Quand elle traînait avec ces voyous, elle se laissait influencer par les garçons et se comportait comme une petite délinquante.

Comme chaque année, quand les jours de récolte étaient arrivés, les parents demandaient à leurs enfants de revenir au plus tôt de l'école. Ils devaient finir de récolter le maïs avant la disparition du soleil. Pour ce faire, ils avaient besoin de leur aide. Au dernier jour de récolte, Ofelia n'en fit qu'à sa tête. Au lieu de rentrer directement à la fin des cours, elle resta plus de deux heures à faire la folle avec sa petite bande. Laissant ainsi Luis, seul sur le chemin du retour. Non seulement elle avait été imprudente avec son petit frère, mais en plus, toute la famille se retrouvait en difficulté pour finir le travail dans les temps. Le père en colère et totalement désemparé était envahi par sentiment de crainte pour l'avenir de sa fille. À cause de son caractère puéril, Ofelia se mettait inconsciemment en danger et cela impactait toute la famille. Ce jour-là, Roberto ne put garder son sang-froid. Qui sait ce qui aurait pu arriver à Luis. Il aurait pu se faire écraser, se perdre, ou pire, se faire enlever par des personnes mal intentionnées. Du fait qu'elle avait sciemment abandonné son jeune frère à

35

son propre sort, le père de famille s'énerva comme jamais auparavant. Roberto lui cria dessus essayant de lui faire comprendre la dangerosité de ses actes. Mais Ofelia entra dans son hystérie habituelle. Elle lui répondit sur un ton très agressif, puis vociféra des insultes à son encontre. Roberto perdit son sang-froid, la gifla et l'attrapa par le bras. Tout en lui criant dessus, il la tira jusque dans sa chambre et l'enferma pour qu'elle médite sur son comportement injustifiable. La jeune Ofelia était très en colère. Elle voulait son indépendance et faire encore plus de mal à son père. Elle attendit le milieu de la nuit que toute la famille dorme profondément pour s'échapper par la fenêtre de sa chambre. Emportant avec elle son sac à dos rempli de vêtements, elle partit en direction du village. Au petit matin, quand Felicita vint chercher sa fille pour le petit déjeuner, elle se rendit compte de sa disparition. Accoutumée à ses escapades, la famille ne s'inquiéta pas immédiatement. Mais le lendemain, Ofelia était toujours absente. Le père prit donc la décision d'aller la chercher. Il se rendit d'abord à la cabane de bois. Mais celle-ci était malheureusement vide. Pensant que sa fille devait être avec ses copains, il descendit au village. Le pauvre père était submergé par les remords dus à sa gifle. Il devait s'expliquer et surtout s'excuser auprès de sa fille afin de la ramener. Il prit sa mobylette et partit en direction du village. Arrivé sur place, il commença sa recherche. Il questionna chaque personne qu'il croisait.

- Excusez-moi, n'auriez-vous pas vu ma fille dans les parages ? questionnait Roberto.

- Non Monsieur Guerrero, je suis désolé, je ne peux vous aider, répondaient sans cesse les villageois.
À chacune de ces réponses négatives, son inquiétude montait. Il croisa alors la bande de jeunes qui avait l'habitude de vagabonder avec sa fille. Même s'il ne les aimait pas, il savait que c'était sa meilleure chance d'avoir des informations sur Ofelia. Il s'avança vers eux et leur demanda des informations sur sa fille. Mais aucun d'eux ne l'avait aperçue depuis l'avant-veille. C'est à ce moment précis que Roberto Guerrero paniqua. Il avait l'habitude des fugues de sa fille, mais il avait toujours su où la retrouver. Au fond de lui, il sentait que quelque chose n'allait pas. Il se rendit en courant au petit commissariat du village pour signaler sa disparition. Les policiers, qui connaissaient bien Ofelia Guerrero et ses escapades à répétition, étaient persuadés qu'elle allait bientôt montrer le bout de son nez. Ils ne prirent pas la déclaration du père au sérieux. Ils lui demandèrent de patienter encore un peu, au moins quarante-huit heures avant de revenir faire le signalement. Cette attente fut longue et pénible pour toute la famille. Les parents n'en dormaient plus la nuit. Au bout de l'échéance demandée par la police, Ofelia n'était toujours pas revenue. Le père et la mère retournèrent dès lors au commissariat et l'investigation put enfin commencer.
Pendant de très nombreuses années, la famille Guerrero essaya par tous les moyens possibles de retrouver leur enfant disparu. Ils avaient collé des affiches dans chacune des villes de l'État d'Oaxaca. Ils étaient en contact permanent avec des organismes fédéraux et des associations spécialisés dans les disparitions. Et ce afin

d'étendre les recherches dans l'entièreté du pays. La police, elle aussi, enquêtait activement sur cette affaire. Au bout de dix ans d'cnquête, les inspecteurs clôturèrent le dossier sur ordre de la municipalité. Cette disparition non résolue avait été considérée comme un risque pour la réélection du gouverneur d'Oaxaca. Ofelia Guerrero fut dès lors officiellement déclarée morte par les autorités. Cette déclaration eut pour conséquence l'arrêt de toutes les recherches par les divers organismes. Les Guerrero plongés dans la souffrance durent se résigner à la perte de la petite Ofelia. Peu à peu, ils se replongèrent dans la culture du maïs, espérant ainsi faciliter le deuil. Cependant, Felicita n'arrivait pas à surmonter son chagrin. Admettre de ne plus jamais revoir sa fille était une chose bien trop pénible pour elle. La mère attentionnée sombra peu à peu dans le désespoir. Cinq années après l'arrêt des recherches, Felicita cessa toute activité, allant jusqu'à ne plus s'alimenter. Au bout de quelques semaines, la pauvre mère se retrouva aux urgences à l'hôpital d'Oaxaca. Elle fut prise en charge très rapidement et mise sous perfusion. Mais malgré tous les efforts des médecins, il était déjà trop tard. La douleur et son chagrin avaient eu raison d'elle. Le vingt juin mil neuf cent septante-quatre, le jour de l'éclipse solaire, plus précisément quand celle-ci fut totale, Felicita Ramos rendit son dernier souffle. Miranda, Roberto et Luis Guerrero étaient pour la seconde fois, touchés par le deuil.

Pendant ce temps, à quatre cents kilomètres de là, dans l'État de Tlaxcala, une destinée allait être réécrite. Au bord d'une route longeant la forêt des lucioles se trouvait la vieille carcasse rouillée d'une voiture qui, jadis, devait être de couleur bleue. Cette épave abritait une jeune alcoolique anéantie par la vie. Vivant en retrait de la civilisation, cette femme dévastée tentait tant bien que mal de survivre dans ce monde. Il lui arrivait, de temps à autre, d'offrir des services particuliers à des routiers sur le parking d'une station-service. Cette femme vivant dans une certaine indifférence, n'avait d'autre moyen à sa disposition pour survivre. Afin de surmonter ses souffrances et surtout sa solitude, elle se noyait dans l'alcool bon marché. Ne voyant aucun futur, et ne désirant plus vivre dans l'indignité, elle souhaitait mettre fin à son passage sur Terre.

Le jour de l'éclipse, la jeune femme était allongée dans son abri de métal. Elle ramassa un tesson de bouteille qui traînait sur le plancher. Au moment précis où la lune avait recouvert intégralement le soleil, plongeant ainsi le pays dans l'obscurité, elle posa le morceau de verre sur son poignet. Alors qu'elle s'apprêtait à rejoindre ses ancêtres, la lune entama, soudainement, son retrait. Les premiers rayons du soleil furent ainsi libérés et vinrent éclairer les arbres face à elle. La beauté exceptionnelle de l'évènement attira le regard de la jeune femme. En observant attentivement le magnifique paysage qui lui était offert, elle aperçut une étrange lumière rose. Cette petite lumière scintillante semblait voltiger au centre des rayons du soleil. Tout en gardant son regard fixé sur ce petit point lumineux, la femme lâcha son tesson de bouteille et sortit de la vieille voiture rouillée pour s'avancer dans sa direction. Elle pénétra au milieu des arbres et se retrouva dans le puits de lumière. Une chaleur apaisante traversa tout son corps. Cela faisait une éternité qu'elle ne s'était plus sentie aussi bien. Affichant un visage radieux, elle se sentait, comme jamais auparavant, sereine. L'un des plus grands mystères de notre monde venait de se dévoiler à elle. Une minuscule petite fée, toute de rose vêtue, virevoltait tout autour d'elle. À chacun de ses battements d'ailes, son petit corps s'illuminait. De sa petite main, la fée faisait des signes. Elle lui demandait de la suivre à travers la forêt. Elle la guida jusqu'à un arbre et disparut parmi les branches touffues. Sur le tronc de l'arbre, comme imprégné au fer rouge, était gravé un numéro. Cette série de chiffres semblait fortement correspondre à un numéro de téléphone. Face à ce signe du destin évident, la jeune femme décida de tenter sa chance en appelant ce fameux numéro. Elle se rendit à la cabine téléphonique de la station-service et composa le numéro. Après plusieurs secondes de tonalités, une personne répondit à son appel :

- Allo, famille Guerrero, qui est à l'appareil ?

La jeune femme s'effondra instantanément en sanglots. Elle aurait reconnu cette voix entre mille, c'était celle de sa grand-mère, Miranda Guerrero. Miranda approchait maintenant les 75 ans, mais n'avait rien perdu de son ouïe. Elle aussi, avait reconnu à qui appartenaient ces sanglots.

- Ofelia ? C'est bien toi ma petite ? demanda Miranda, la voix pleine d'émotion.
- Pardon Abuelita, pardonne-moi, aide-moi s'il te plaît ! répondit la jeune femme tout en sanglotant.
- Ma petite, mais où es-tu ? Que t'est-il arrivé ?

Ofelia, maintenant âgée de trente ans, conta son passé durant ses quinze années d'absence. À travers son récit tragique, Miranda ressentait la détresse et la souffrance de sa petite-fille. Ofelia commença par expliquer sa fuite. Ce qu'elle désirait à l'époque, c'était changer de destinée. Elle ne voulait pas d'une vie laborieuse, comme ses parents. C'était principalement pour cette raison qu'elle avait décidé de tenter sa chance ailleurs. La dispute avec son père n'avait fait que la conforter dans sa décision. La nuit de sa fugue, elle se rendit à la gare et monta clandestinement dans un train. Ce train de marchandises était en partance pour la capitale, Mexico City. La capitale avait la réputation d'être une ville riche et moderne. Une cité qui offrait toutes les opportunités. De ce fait, c'était pour Ofelia, l'occasion de rencontrer des personnes influentes. Des gens fortunés qui l'aideraient à réaliser son rêve, devenir une étoile du cinéma. Malheureusement pour la jeune fugueuse, elle ne trouva à Mexico City que souffrance et manipulation. Elle comprit, à ses dépens, qu'il était impossible d'entrer dans les quartiers riches en ayant l'air d'une démunie. Il lui fallait gagner de l'argent afin d'améliorer son apparence. Mais là aussi, sa désillusion fut grande. Personne ne voulait se risquer à embaucher illégalement une mineure d'âge. À force de ténacité, Ofelia finit par se faire recruter comme employée de maison. À ses dépens, le sort semblait s'acharner sur elle. La jeune adolescente se retrouva exploitée par un couple sans scrupule.

Durant la journée, l'homme travaillait. Il était chef mécanicien pour une grande marque automobile. Pendant ce temps, son épouse dirigeait le foyer d'une main de fer. Cette femme prenait un malin plaisir à faire souffrir Ofelia. Vicieuse et perverse, elle était toujours à l'affût d'une occasion pour punir la pctitc. La faire pleurer lui procurait une jouissance intense. Le couple ne reculait devant rien pour asseoir son autorité malsaine. Ofelia était chargée de l'entretien de toute la maison et de la préparation des repas. Elle ne pouvait se nourrir que des restes généreusement laissés par le couple. Elle avait donc tout intérêt à bien cuisiner. La pauvre avait tant à faire, qu'il lui était impossible de prendre du repos avant l'heure de se coucher. Sa chambre était une petite pièce vétuste située au fond de la cave. Posé à même le sol, un vieux matelas tacheté lui servait de couchette. Un soir, alors que le mari rentrait de son travail, une énorme tempête éclata. Trempé jusqu'aux os, l'homme s'empressa d'aller se sécher. Une chance inespérée s'offrit à Ofelia, il n'avait pas verrouillé la porte. Sans la moindre hésitation, elle s'échappa sous la pluie diluvienne. Elle courut durant de longues minutes avant de s'arrêter pour reprendre son souffle. Après plus de trois longues années d'exploitation, Ofelia était enfin libérée des griffes de ce couple infernal.

- C'est à ce moment-là que je me suis retrouvée seule dans les quartiers mal famés. J'avais tout abandonné lors de ma fuite, je n'avais plus rien. J'ai donc commencé à pratiquer la mendicité. Je quémandais dans les rues pour me nourrir, raconta Ofelia.
- Ma pauvre petite ! Quelle horreur ! Mais pourquoi n'es-tu pas revenue auprès de ta famille après t'être échappée ? demanda sa grand-mère.

Ofelia reprit le fil de son histoire afin d'apporter les réponses à sa grand-mère. Alors qu'elle comptait sa petite monnaie adossée au mur d'une épicerie, un homme d'une trentaine d'années avait fait son apparition. Cet homme à la calvitie naissante et au sourire charmeur, s'appelait Victor. Il avait l'apparence d'un homme calme et honnête. Il semblait très ému par la détresse d'Ofelia. Victor lui proposa de l'aider à sortir de sa misère. Envoûtée par la douceur de sa voix, elle se sentit en confiance et accepta de le suivre. Victor l'emmena jusqu'à une petite maison de couleur rose bonbon. À l'intérieur de celle-ci, quatre autres hommes attendaient.

- C'était un traquenard ! Je me suis retrouvée prise au piège. Ils m'ont séquestrée, frappée et droguée. Ce traitement se répétait, il se répétait sans cesse. Chaque jour, je subissais ces violences jusqu'à ce que je finisse, par sagement, obéir. Cette bande de malfrats m'a brisée jusque dans mon âme. Et quand je leur étais enfin soumise, Victor m'a utilisée pour de l'argent.
- Mon Dieu ! Mais que t'ont-ils fait ma pauvre enfant ! s'écria Miranda.

Miranda, sous le choc du terrible récit de sa petite fille, ne pouvait retenir sa peine. En larme, elle continua à écouter l'horrible parcours d'Ofelia.

- J'ai pu me libérer de son emprise, grâce à une overdose. Ce jour-là, mon corps ne supporta pas son injection. C'était celle de trop. Me croyant morte, il m'abandonna sur le bord d'un trottoir. Le

43

destin voulut que je sois sauvée par deux ambulanciers.
Après sa sortie de l'hôpital, elle s'éloigna du monde espérant par la même occasion, échapper à la souffrance. C'est ainsi qu'elle se réfugia dans la forêt aux mille légendes, la forêt des Lucioles, où elle trouva l'épave abandonnée, qu'elle aménagea en abri.

- Je suis horrifiée, dit Miranda. Mon enfant, il est temps de rentrer chez toi. C'est fini maintenant, reviens auprès de ta famille, je t'en prie.
- Oui Abuelita, tu as raison, je ne peux plus continuer comme ça. Mais j'ai peur, je suis terrifiée à l'idée que la famille ne veuille plus de moi.

Cela faisait de nombreuses années qu'Ofelia Guerrero désirait retourner auprès des siens. Mais hantée par son passé, elle ne se sentait pas le courage d'affronter le regard de ses parents, en particulier celui de son père. Elle avait donc préféré faire le choix de la solitude.
Sur le moment, Miranda ne lui dit rien au sujet du décès de sa mère. Elle savait qu'en parler maintenant mettrait en péril son retour. Pleine de sagesse, elle put trouver les mots justes afin de rassurer sa petite-fille. Elle insista sur son soutien et son aide.

- N'aie crainte Ofelia. Tout le monde ici attend ton retour depuis tellement d'années. Il est temps pour nous tous de passer à autre chose. D'être enfin heureux. Le temps de la souffrance est terminé. Que ce soient tes parents ou ton frère, tout le monde ici désire, plus que tout autre chose, te revoir, saine et sauve. Tu peux être sûr ma petite qu'ici personne ne te fera le moindre mal. Tu ne trouveras rien d'autre que l'amour et le soutien. Je t'en prie ma douce enfant, rassemble pour une ultime fois ton courage, et reviens auprès de ta famille qui t'aime.

Telles furent les dernières paroles prononcées avec émotion par sa grand-mère. L'appel se coupa brusquement, le temps acheté s'était écoulé. Ofelia resta figée un court instant, la main droite maintenant le combiné contre son oreille. La tête légèrement baissée vers le sol, le poing serré le long du corps, elle raccrocha tout en versant une larme, qui venait caresser la douce peau de son visage.
Miranda avait réussi à redonner de l'espoir à sa petite-fille. Ofelia avait maintenant une nouvelle destination, la Sierra Madre.
Elle partit en laissant son passé derrière elle, n'emportant avec elle que les souvenirs de son enfance. Ofelia marcha durant de très longues heures. Le chemin du retour fut pour elle une sorte de pèlerinage. Une fois arrivée dans le village de son enfance, Ofelia appela en premier sa grand-mère. Elle était très stressée et désirait lui parler avant de rejoindre le domaine familial. Miranda excitée de revoir sa douce petite s'empressa de la rejoindre. Les deux femmes se retrouvèrent près de la statue de la Sainte Vierge de Guadalupe. Cette statue, gardienne des âmes, avait été érigée à l'entrée du cimetière. Les retrouvailles entre les deux femmes furent pleines d'émotions. Toutes deux s'assirent sur un banc à côté du portail du Cimetière. Miranda prit les

deux mains de sa petite-fille dans les siennes, la regarda droit dans les yeux et dit :

- J'ai quelque chose de douloureux à te dire ma douce enfant, mais il faut que tu le saches. Ta maman nous a quittés il y a quelques jours. Le jour de l'éclipse solaire, elle est partie rejoindre les anges. Elle a été enterrée ici même.

Miranda lui détailla les évènements qui vinrent frapper la famille durant ses années d'absence. L'annonce du décès de sa mère fut un nouveau choc émotionnel pour la jeune Ofelia. Sa grand-mère la serra très fort dans ses bras afin de lui apporter un peu de réconfort. Toutes deux se levèrent et partirent se recueillir sur la tombe de la défunte Felicita Ramos. Face à la tombe de sa mère, Ofelia fut submergée par son passé. Elle prit conscience à cet instant, de l'impact qu'elle avait eu sur ceux qui l'avaient vraiment aimée. Elle s'effondra en pleurs sur le sol, les mains posées sur son visage, dissimulant sa honte et ses regrets. Le doute et la crainte s'installèrent à nouveau dans son esprit.

- Comment papa et Luis pourraient-ils me pardonner après tout ça ? J'ai tout détruit ! Pardonne-moi maman, pardonne-moi pour tout ce mal, dit-elle tout en posant sa main sur la pierre tombale.
- Ne t'inquiète pas ma petite, n'aie pas peur. Tout se passera bien. Tant ton père que ton frère seront heureux de te retrouver, dit Miranda.
- J'ai trop peur, Abuelita ! Je suis terrifiée par le jugement et le regard qu'ils pourraient me porter.

Et si tu te trompais ? Ils auraient toutes les raisons de me rejeter.
- J'ai peut-être une idée qui possiblement te conviendra. Te souviens-tu de la petite cabane en bois près de la rivière ? demanda sa grand-mère. Cela fait des années que plus personne n'y met les pieds. Je pourrais l'aménager pour que tu t'y installes. Cela te permettra de reprendre des forces tout en étant en sécurité auprès de nous. Et quand tu te sentiras enfin prête, nous pourrions organiser ton retour. Mais je te l'ai déjà dit, tu ne devrais pas avoir cette crainte.
- Merci Abuelita, merci pour tout ce que tu fais pour moi, je ne le mérite pas, pardonne-moi.
- Ne dis pas de bêtises ma petite, tu es ma tendre Ofelia, je t'aime du fond de mon vieux cœur. Te revoir, souriante auprès de ta famille, sera pour moi, le plus beau des miracles.

Les deux femmes complices transformèrent secrètement la rustique cabane en un petit nid douillet. Chaque jour durant de nombreuses semaines, grand-mère Miranda quittait la maison pour passer un peu de temps avec sa petite-fille. Le jeune Luis, qui venait de fêter ses vingt-huit ans, finissait par trouver le comportement de sa grand-mère plutôt étrange. Il avait le sentiment qu'elle cachait quelque chose d'important. Elle avait toujours le sourire aux lèvres et fredonnait sans arrêt des chansons romantiques. Elle se comportait comme une jeune adolescente qui venait de rencontrer son premier amour. Désirant ardemment connaître ce soudain changement d'humeur, il prit la décision de la pister lors de sa prochaine escapade. Caché parmi les plants de maïs qui recouvraient son champ, il suivit Miranda. Elle le mena, par mégarde, droit à la petite cabane. Il attendit qu'elle soit à l'intérieur pour sortir de son champ. Il était temps pour lui de découvrir le fin mot de l'histoire. Il frappa à la porte et l'ouvrit prestement. Face à lui, l'impossible se trouvait. Durant les premières secondes, il lui était totalement impossible de bouger, ni même de parler. Seuls ses yeux bougeaient dans tous les sens, tels des radars tentant d'analyser la situation. Puis il prit conscience que c'était bien réel, Ofelia était là, le regardant avec son sourire timide et ses yeux brillants d'émotion. Sans perdre une minute de plus, il courut vers elle et l'étreignit avec tout son amour. Il la serra très fortement dans ses bras, comme si la peur de la perdre à nouveau le hantait.

Luis et sa sœur avaient énormément de choses à se dire. Miranda les laissa entre eux et repartit chez elle. Ofelia raconta toute son histoire, pendant que Luis l'écoutait avec la plus grande attention. La souffrance vécue par sa sœur se faisait ressentir dans son récit et toucha profondément son frère. À la fin du récit, Luis était partagé entre la joie de retrouver sa sœur et la peine qu'il avait à son égard. Mais ce dont il était certain, c'est qu'il était temps d'en finir avec le passé. Il fallait qu'Ofelia et toute la famille puissent reprendre une vie normale.

- Je suis très attristé par tout ce que tu as dû subir, comme je le suis pour les malheurs qui ont frappé la famille. Mais Ofelia, par chance, le passé est le passé. Nous ne pourrons jamais le changer, mais il est derrière nous. Il faut apprendre à l'accepter et garder une vision de l'avenir. Imagine un futur plus heureux et ainsi donne-toi un but pour avancer. Pour l'instant, mon but à moi est de reformer la famille et être heureux avec vous tous. Laisse-moi organiser la rencontre avec papa, ne te préoccupe de rien, je me chargerai de tout.

Les paroles de Luis surent atteindre le cœur de sa sœur. Elle mit sa peur de côté et accepta de laisser son frère organiser la rencontre avec son père.
C'était le jour de récolte, à cette occasion, Roberto et Luis s'étaient levés très tôt, bien avant les coqs. Luis partit travailler les champs avec son père. Sa mission était de le distraire toute la journée. Pendant ce temps, Miranda ramena sa petite fille dans la maison familiale. Elle la cacha à l'étage, dans la chambre de son frère. Les deux hommes rentrèrent tard le soir après une dure journée de labeur. Luis devait une dernière fois attirer l'attention de son père. Il l'installa confortablement sur son canapé et lui apporta une bière bien fraîche. Il alluma la télévision et dit :

- Papa, installe-toi confortablement, il paraît qu'il y a une information très importante qui va être diffusée au journal. Une nouvelle réglementation sur l'agriculture va sortir et ils vont l'expliquer en détail. Il ne faut pas rater cette information, cela nous concerne directement.

Alors que Roberto buvait tranquillement sa bière devant le petit écran en noir et blanc, Luis alla chercher sa sœur. Sans un bruit, Ofelia se plaça dans son dos. Luis s'avança face à son père, juste à côté de la télévision. Il tendit son bras en direction d'Ofelia, lui faisant signe de venir à lui.

- Papa, voici la grande nouvelle, dit-il avec beaucoup d'émotion.

Ofelia passa à côté de son père qui se tourna immédiatement vers elle. La joie le submergea et se refléta dans ses yeux qui se mirent à briller avant de laisser s'écouler ses larmes. Et c'est la voix tremblante que Roberto cria avec amour ces deux mots :

- MI HIJA !

Au premier regard, il l'avait reconnue. Elle ressemblait tant à sa mère. Il se leva instantanément et la prit dans ses bras. Il la serra très fort contre lui, maintenant la tête de sa fille contre son cœur. Il ne cessa de lui embrasser le crâne tout en lui disant à quel point elle lui était précieuse. C'est ainsi que la malédiction de la famille Guerrero se brisa à jamais, laissant place à présent à un avenir plus que radieux.

L'échange

Il était une fois un gnome contaminé par un champignon maléfique. Le sortilège de ce champignon s'attaquait à la personnalité de ses victimes. Il les rendait mauvaises et cruelles. N'ayant plus aucun contrôle ni sur son corps ni sur son esprit, ce gnome semait le malheur autour de lui. Sa plus grande victime était sa propre famille et celui qui en souffrit le plus était son fils. Mais sa famille connaissait l'existence de ce maléfice. Et malgré les cris, les pleurs et les souffrances, elle l'aima et jamais ne l'abandonna. Il aura fallu de nombreuses années au grand sorcier Bardruis pour trouver un remède à ce nouveau mal. Grâce à l'antidote de ce sorcier, le gnome ensorcelé put être libéré de son mauvais sort. Ainsi il redevint le gnome aimant qu'il était. L'histoire qui va vous être contée ne sera pas la sienne.

Il était une fois, au beau milieu d'un champ de coquelicots, une petite ville de petits gnomes appelée Gnomville. Dans cette petite ville se trouvaient de petits commerces, de petites écoles et de petits restaurants. Tout y était identique aux villes humaines, mais en plus petit. À Gnomville, il y avait même la petite maison blanche du petit président des gnomes, Corrompius Premier. Les gnomes étaient de tout petits êtres aux chapeaux pointus. En dehors de leur légendaire sale caractère, ils possédaient une autre particularité très peu connue. Ils naissaient tous avec une longue barbe blanche. Tandis que les garçons allaient garder cette barbe toute leur vie, les filles la perdraient durant la puberté. Dans cet univers de gnomes vivait une jolie petite famille. Elle était composée de Bargonius le père, de Gominia la mère, d'Akshia la fille aînée et du cadet Maxxius. C'est au sein de cette petite famille que prit racine ce récit.

Maxxius et sa grande sœur Akshia étudiaient dans un établissement à la réputation stricte, l'école Sainte Gnomia. Le petit frère avait un camarade de classe qui s'appelait Nicolius. Ils étaient toujours ensemble pour jouer et bavarder de tout et de rien. Les deux garçons gnomes partageaient la même passion : le cinéma gnomien d'horreur. Les vacances d'été venaient de se terminer, alors qu'une canicule s'abattait sur la région. Étouffée par cette grosse vague de chaleur, Gnomville tournait au ralenti.

Le jour de la rentrée scolaire arriva. Maxxius du haut de ses treize ans, découvrit sa nouvelle classe et ses nouveaux camarades. Mais ce jour-là, il fit également la découverte d'une nouvelle émotion. Une étrange chaleur qui envahissait son corps et qui lui rougissait le visage comme une grosse fraise mûre. Cet étrange phénomène apparaissait à chaque fois qu'il posait son regard sur une des filles de sa classe, la belle Andreyna. Il venait de faire connaissance avec cet étrange sentiment que les adultes appelaient communément l'amour. Pendant les heures de cours, Maxxius n'arrêtait pas de regarder la jeune Andreyna et durant la récréation, il ne cessait de parler d'elle à Nicolius. Elle était devenue son centre d'intérêt, sa passion.

- Cette fille est vraiment très jolie avec ses yeux marrons légèrement bridés et son gros nez en forme de galet, dit Maxxius.
- Tu devrais lui dire et lui offrir un cadeau. Les filles, elles aiment les cadeaux ! J'entends toujours ma maman dire à papa qu'elle adore recevoir son petit cadeau avant de dormir. Elle dit que ça la détend et que si elle ne l'a pas, le lendemain elle est de mauvaise humeur, répondit Nicolius.
- Oui, tu as raison, mais je n'ai rien à lui offrir. Je n'ai que des petits gobelins de plomb à la maison. Je ne pense pas que ces jouets soient un bon cadeau pour une fille. Tu sais ce qui pourrait lui plaire ? Je ne connais rien aux filles moi !
- Ma maman elle dit toujours à mon papa qu'elle adore frotter ses bijoux et que jamais elle ne pourrait s'en séparer. Les filles, elles aiment les bijoux qui brillent.

- Oui, c'est vrai ! Tu as raison, Nicolius ! Pour les vacances, j'ai été à Gnomplage et lors d'une promenade avec maman et Akshia, nous sommes passés devant un distributeur. Ceux où tu dois mettre une pièce et puis tourner le bouton pour recevoir une coquille de noix avec une surprise dedans. Et bien justement, celui-là, il donnait des bagues. En plus, ce n'était vraiment pas cher. Seulement vingt centimius gnomien pour une coquille. Ma mère en a acheté une à ma sœur et elle était super heureuse. Encore aujourd'hui elle la porte à son doigt.
- Voilà ! Une bague ! Tu vois, ça, c'est une bonne idée. Mais fais attention à la taille, il ne faut pas qu'elle soit trop petite ! Parce que ma maman dit toujours à papa, que son anneau est trop petit et que ça ne rentrera jamais, même en essayant avec de l'huile.

Ainsi le petit Maxxius rentra chez lui avec une idée bien précise : trouver une bague.
Après avoir mangé sa collation, le jeune gnome monta dans sa chambre prétextant vouloir faire ses devoirs. Sa chambre se situait à l'étage, juste à côté de celle de ses parents. Il se coucha sur son lit et tout en regardant la blancheur de son plafond, il réfléchit à son dilemme. Le distributeur de bagues se trouvait à Gnomplage. Et le problème, c'était qu'il n'y retournerait pas avant les prochaines vacances. De plus, il n'avait pas d'argent de poche. Ses parents estimaient que les enfants n'avaient pas à se préoccuper de l'argent. Bargonius préférait déposer chaque mois quelques pièces dans un coffre bloqué à la Gnombank de la ville. Ce coffre serait

débloqué et donné aux enfants à leur majorité. Alors, comment faire pour avoir une bague ? Il était hors de question de retourner à l'école sans un cadeau pour Andreyna. Il lui fallait trouver une solution. Il se leva et tout en faisant les cent pas dans sa chambre, Maxxius se mit à penser à haute voix.

- Mais comment vais-je faire ? Où puis-je trouver un bijou ? se demanda-t-il.
Bon, d'après Nicolius, les filles adorent les bijoux. Hum-hum ! Mais oui ! Maman est une fille et en plus, elle est vieille. Donc, elle doit avoir beaucoup de bagues du distributeur. Je vais fouiller dans son armoire et avec un peu de chance, j'en trouverai une petite qui ne lui manquera pas.

Maxxius se rendit dans la chambre de ses parents et commença à regarder dans l'armoire de sa mère. Il regarda chacune des planches et fouilla parmi les vêtements. Mais rien, pas le moindre signe de bijoux. Il s'agenouilla et regarda dans le bas de l'armoire. C'est à cet endroit que se trouvait l'énorme collection de sacs et de chaussures de Gominia. Il trifouilla et en soulevant un des nombreux sacs de cuir, il tomba sur une petite boîte. Quand il ouvrit la boîte, un sourire de joie s'afficha sur son visage. À l'intérieur de cette boîte en acajou se trouvaient toutes sortes de bijoux. Bracelets, boucles, colliers, broches, absolument tout y était. Mais le plus important pour lui se cachait tout en dessous, quatre bagues scintillantes. Maxxius les observa minutieusement et élimina de son choix les plus grosses. D'après son analyse d'expert, étant plus grosses, elles devaient coûter plus cher et donc être plus importantes pour sa maman. Il ne voulait surtout pas priver sa maman de quelque chose qui lui tenait à cœur. Il porta donc son choix sur la plus fine. Elle était vraiment magnifique. De couleur argentée, le chaton de cette bague était serti de petites gemmes scintillantes qui formaient un cercle autour d'une grosse.

- Parfait ! Elle ressemble vraiment à celle d'Akshia. Celle-là c'est sûr, elle vient du même distributeur ! Maman ne sera sûrement pas fâchée que je la prenne. Un jour, je lui en rachèterai une encore plus belle au distributeur de Gnomplage.

Le jeune gnome rangea précieusement sa trouvaille dans sa poche et retourna dans sa chambre. Il s'assit à son bureau de pin, prit sa besace et sortit ses affaires pour faire ses devoirs. Il en profita pour placer la précieuse bague dans sa petite trousse d'écolier.

Le lendemain, Maxxius se rendit à l'école tout excité. Ce matin-là, le soleil tapait déjà très fort. Dans la cour de l'école, le jeune gnome y retrouva son camarade. Il avait hâte de lui montrer le bijou et d'avoir son avis. Nicolius semblait tellement bien s'y connaître avec les filles. Sans perdre une minute de plus, il sortit la trousse de sa besace et l'ouvrit. Avec ses petits doigts, il tripota dedans et sortit la fameuse bague. Pour ce petit gnome, cette bague représentait tout. Grâce à elle, il avait une chance de faire bonne impression à la jolie Andreyna.

- Waouh ! Elle est superbe ! Mais tu devrais l'emballer, dit Nicolius
- L'emballer ? s'étonna Maxxius

- Oui, les filles elles aiment bien que les cadeaux soient emballés. Mais attention de faire ça bien, sinon c'est la catastrophe !
- Ah bon, pourquoi dis-tu ça Nicolius ?
- L'autre jour, ma maman était vraiment très fâchée sur mon papa. Elle lui criait dessus. Elle disait qu'il pouvait remballer son vilain paquet et que ça ne servait à rien de le ressortir avant au moins une semaine. Elle était vraiment en colère. Papa n'avait pas dû bien emballer son cadeau, répondit-il d'un ton désabusé.
- Merci de ton conseil, tu es vraiment un expert toi !

La cloche retentit et tous les enfants allèrent en cours. Au cours de mathématique, tous les élèves étaient attentifs aux explications du professeur. Tous, sauf Maxxius qui lui, rêvassait de la belle Andreyna. Il s'appliqua pour emballer soigneusement la bague dans une feuille. Au crayon, il y écrivit avec beaucoup d'attention un petit mot doux.

« Pour celle qui brille dans mes yeux »

La cloche sonna à nouveau pour annoncer, cette fois-ci, une pause récréative. Maxxius allait effectuer son approche. Son cœur palpitait et sa bouche s'asséchait. La chaleur provoquée par ses émotions, laissait s'échapper de son front, quelques petites gouttes de sueur. Il fallait coûte que coûte garder le contrôle. Ce n'était pas le moment de flancher. Il marchait juste derrière Andreyna qui se dirigeait vers la sortie menant à la cour. Maxxius ferma les yeux et prit une profonde respiration. En ouvrant les yeux, il attrapa la main de la convoitée.

- Andreyna ! Attend s'il te plaît.

Elle s'arrêta et se retourna face à lui en le fixant du regard.

- Oui, Maxxius, que veux-tu ? demanda-t-elle.
- Je suis désolé de te déranger. Je ne sais pas trop comment m'y prendre. Je voudrais t'offrir ce petit présent, dit-il en se frottant timidement l'arrière de la tête. J'aimerais aussi te dire que je te trouve très jolie, ajouta-t-il.
- C'est gentil Maxxius, mais ça ne m'intéresse pas. Je ne peux pas accepter ton cadeau, répondit-elle.

Et dans l'indifférence la plus complète, elle lui tourna le dos et poursuivit sa route. Le jeune gnome qui resta pantois ressentit un profond sentiment de rejet. Toute son espérance venait de s'effondrer, emportant avec elle sa jovialité. C'est déçu qu'il retourna auprès de son copain dans la cour de récréation. Nicolius l'attendait près des distributeurs. Il venait de s'acheter une canette bien fraîche de coclius. Le coclius était une boisson traditionnelle des Gnomes. C'était une savoureuse boisson faite à partir d'eau gazeuse et de sirop de coquelicots. Le soleil qui se rapprochait de son zénith faisait grimper les thermomètres. De par la chaleur et ses émotions, le jeune Maxxius avait la gorge bien asséchée.

- Voilà Nicolius, c'est foutu ! Elle a refusé mon cadeau. Maintenant, je reste avec cette bague qui ne me sert vraiment plus à rien.
- Ce n'est pas grave Maxxius, une petite de perdue, dix grandes de retrouvées ! Ma maman dit souvent ça à papa quand ils se fâchent, expliqua Nicolius en ouvrant sa canette.

Maxxius regardait avec envie cette canette qui paraissait si rafraîchissante. Elle était parsemée de petites gouttes de condensation. Telles de gracieuses danseuses de ballet, ces gouttelettes glissaient le long de la paroi. Maxxius imaginait la fraîcheur de son contenu savoureux inonder sa bouche et couler le long de sa gorge aride.

- Dis-moi, tu pourrais me prêter des sous s'il te plaît ? C'est pour acheter un coclius. Je meurs de soif et je n'ai pas d'argent. Je te les rendrai demain, dit-il.
- Désolé, mais je n'ai plus que vingt-cinq centimius, répondit Nicolius.

Maxxius était de plus en plus assoiffé. Sa gorge sèche devenait de plus en plus douloureuse. Il n'arrivait plus à se concentrer sur autre chose. Son corps faiblissait sous cette forte chaleur. Étancher sa soif devenait une urgence. Coûte que coûte, il devait boire. Persuadé dans son for intérieur que la bague ne valait pas grand-chose, il proposa un échange.

- Je t'échange la bague contre tes centimius. De toute manière, elle ne me sert plus à rien. Tu

pourras l'offrir à qui tu veux, mais ne le dis pas à ta maman. Je n'ai pas envie de me faire punir.
- D'accord, pas de souci, prends-les, répliqua son camarade de classe.

Nicolius échangea ses centimius contre la bague que lui tendait son petit camarade et la rangea dans sa poche. De son côté, Maxxius s'empressa d'aller chercher un coclius bien frais. Trop assoiffé, le pauvre petit l'avala d'une traite sans prendre le temps de savourer. Certes, c'était une bien maigre consolation par rapport à la belle Andreyna, mais physiquement il se sentait mieux. La récré se termina et tous les petits gnomes retournèrent en classe. La journée s'écoula, les cours se terminèrent et les enfants rentrèrent chez eux.

En début de soirée, Gominia, la maman de Maxxius, s'affairait dans la cuisine. Les enfants, eux, jouaient sagement dans leur salle de jeu au grenier. Le téléphone se mit à sonner, et maman gnome abandonna sa préparation pour y répondre.

- MAXXIUS ! Viens ici, de suite ! cria Gominia
- J'arrive maman !

Le jeune gnome rejoignit sa maman à côté du téléphone. Elle raccrocha le combiné, se retourna vers son fils et le regarda d'un air sérieux. Le coin de ses lèvres tiré vers le bas et un hochement latéral de sa tête affichaient très clairement sa déception.

- As-tu donné une de mes bagues à Nicolius ?
- Heu non, dit-il sur un ton gêné.

- Tu en es sûr ?
- Oui maman, je n'ai rien donné, dit-il cette fois-ci en regardant le sol.
- Tu n'as pas échangé une bague contre une canette de coclius ? insista-t-elle.
- Heu, non, maman, pourquoi tu demandes ça?
- Parce que la mère de Nicolius vient d'appeler. Elle dit que tu as échangé une bague contre un coclius. Elle dit que cette bague ne ressemble pas à une fausse. Alors je te repose ma question, as-tu fait cet échange ?

Maxxius ressentit à ce moment un profond malaise. Mais voyant le regard fâché de sa maman, il se renferma sur lui-même. De mauvais souvenirs refirent brutalement surface. Il commença à s'angoisser et à se perdre dans ses pensées. Il ne savait plus quoi dire, il ne savait plus quoi faire. En son for intérieur, il voulait tout avouer. Mais sans savoir vraiment pourquoi, les mots ne voulaient pas sortir. Alors il nia.

- Non maman, persista-t-il.
-Très bien ! Alors, attendons ton père. Nous allons aller chez Nicolius. Là-bas, nous verrons ce qu'il en est réellement.

Cette dernière phrase glaça le sang du petit Maxxius. C'est effrayé qu'il partit s'enfermer dans sa chambre. Les deux heures d'attente furent les plus longues vécues dans sa courte vie de gnome. Durant ce temps, il ne cessa de s'imaginer des scénarios, tous plus atroces les uns que les autres. Il faut dire que le petit gars avait une très forte imagination. Sa passion pour les films d'horreur

gnomiens l'avait bien nourrie. Allongé sur son lit, tétanisé à l'idée que la vérité sorte, il finit par fondre en larmes.
En début de soirée, Bargonius arriva enfin de son travail. Furieux, il ouvrit la porte de la maison, et cria :

- ON Y VA !

Il referma la porte aussi vite qu'il l'ouvrit et retourna s'asseoir dans sa petite calèche tirée par deux minuscules poneys nains, Amanite et Cortinaire. Il y attendit sa femme et son fils en ruminant dans sa barbe comme savaient si bien le faire les gnomes adultes.
Les voici en route vers la maison du petit Nicolius. Le trajet se fit sous une atmosphère pesante. Bargonius ronchonnait encore et toujours, tandis que Gominia et son fils restaient silencieux.
C'est Tourtélia, la mère de Nicolius qui leur ouvrit la porte lorsqu'ils arrivèrent à destination. Elle les invita à entrer et à se diriger vers la salle de séjour. Les parents s'installèrent au salon et les deux garçons se mirent à côté de la fenêtre, légèrement en retrait. Avant toute chose, Tourtélia servit une délicieuse tarte aux lichens pour faire connaissance. Ceci fait, l'atmosphère était déjà plus détendue que dans la calèche. Le temps était donc venu d'entrer dans le vif du sujet. La maman de Nicolius tendit la bague à Gominia et entama la conversation.

- Voici la bague que j'ai reçue de mon fils. Comme je vous l'ai dit au téléphone, j'ai tout de suite vu que cette bague n'était pas fausse.

- Oh mon Dieu ! s'écria Gominia. C'est la bague de diamants que m'a offert mon mari à la naissance de Maxxius.
- D'après mon fils, le vôtre semblait être persuadé qu'elle n'avait aucune valeur. Il m'a parlé d'un distributeur à Gnomplage. Cela vous dit quelque chose ? demanda Tourtélia aux parents du jeune gnome.
- Oui, nous avons été à Gnomplage durant les vacances. Et effectivement, sa sœur a eu une bague qui venait d'un distributeur, répondit Gominia.

Les parents poursuivirent la discussion pendant que les deux jeunes gnomes chuchotaient face à la fenêtre.

- Nicolius, pourquoi l'as-tu donnée à ta maman ? Je t'avais demandé de ne rien lui dire. Qu'est-ce que je vais faire maintenant ? Je n'aurais jamais dû faire ça, tout est ma faute. Si je n'avais pas fait cette bêtise, tout ceci ne serait pas arrivé, murmura Maxxius.
- Tu dois dire la vérité, ce n'est pas si grave, répondit son copain.
- Tu ne t'en rends pas compte Nicolius. Si, c'est grave, c'est très grave ! Je vais finir en potage ce soir.

Le jeune gnome commençait à réaliser la situation dans laquelle il s'était lui-même placé. Leurs chuchotements furent brusquement interrompus par la voix autoritaire de Bargonius.

- Maxxius, tu peux venir ici s'il te plaît !

Sans dire un mot, le jeune gnome s'avança tête baissée vers le petit salon. Ses parents n'attendaient de lui qu'une seule chose de lui, qu'il dise la vérité. Afin de les laisser discuter entre eux, Tourtélia se leva et rejoignit son fils au fond de la pièce. Maxxius se trouvait debout, face à ses parents. Ses mains étaient croisées sur son abdomen et ses yeux fixaient le tapis rouge qui recouvrait le sol. Il lui était impossible de lever la tête et d'affronter leur regard.

- Alors Maxxius ? Tu n'as toujours rien à dire ? demande Bargonius.

Le jeune gnome était enfermé dans un silence mortuaire. Il restait là, immobile, incapable de prononcer le moindre mot.

- Dis quelque chose, Maxxius ! Ta mère et moi, nous n'allons pas te manger. As-tu pris cette bague oui ou non ? redemanda Bargonius.
- Non, je n'ai rien fait, répondit timidement le petit gnome.
- Mais…enfin Maxxius ! Maintenant, nous sommes tous ici. Ta maman a la bague dans sa main. Il n'y a plus aucune raison de mentir. Ça devient ridicule là ! Alors as-tu pris cette bague ?
- Non, je n'ai rien fait, répéta-t-il.

Maxxius paniquait intérieurement. Il ne se rendait pas compte de l'absurdité de son entêtement. Il niait les faits alors qu'au fond de lui, il savait que c'était inutile. Son

subconscient avait pris le dessus sur lui, il ne contrôlait plus rien.
Pendant près de trente minutes, un jeu de balle s'effectua entre lui et son père. Bargonius tenta de le faire craquer, mais rien n'y faisait. Un étrange blocage psychologique empêchait le jeune Maxxius de se libérer de son mensonge. Il s'y accrochait comme si sa vie en dépendait. Gominia, lasse de tout ce cirque, se leva et s'avança vers lui. Avec beaucoup de tendresse, elle prit les mains de son fils dans les siennes et s'agenouilla en essayant de croiser son regard.

- Maxxius, tu ne dois pas avoir peur. Personne ne te fera du mal. Nous voulons juste que tu nous dises la vérité. Tu sais Maxxius, si la maman de Nicolius ne m'avait pas appelée pour me prévenir, cela aurait pu être grave. Je ne m'en serais certainement pas rendue compte de suite et j'aurais pu, dès lors, accuser quelqu'un d'autre. Une personne qui aurait été innocente. Tu comprends ça ? demanda-t-elle.

Sous l'effet de sa douce voix, le jeune gnome leva sa tête pour regarder sa mère. De petites larmes vinrent humidifier ses yeux. Il entrouvrit la bouche et tenta d'en sortir des mots. Mais durant une fraction de seconde, il dévia son attention sur Bargonius. Il referma aussitôt la bouche et se mit à pleurer.
Nicolius s'approcha à son tour de son copain. Il posa sa main sur son épaule et lui dit :

- Écoute ta maman Maxxius, elle a raison. Ça ne sert plus à rien de rester dans ton mensonge, dis-lui toute la vérité et soulage-toi une bonne fois pour toutes.

Gominia sourit à Nicolius et le remercia d'un signe de la tête. Elle se retourna à nouveau vers son enfant et le serra fort dans ses bras. Elle l'embrassa sur la joue avant de rapprocher ses lèvres de son oreille pour lui souffler quelques mots.

- Tout va bien Maxxius, nous ne sommes pas fâchés. Nous t'aimons, de tout notre cœur. Que ce soit ton père ou moi-même, nous t'aimons. Je sais que le passé n'a pas été très tendre avec nous et encore moins avec toi. À l'époque, ton père ne contrôlait plus rien. Il était totalement sous le contrôle du champignon maléfique. Contre sa propre volonté, il a fait des choses qui le hanteront toute sa vie. Tu ne dois plus avoir peur. Cela fait maintenant cinq ans que Bardruis le sorcier nous a libéré du sortilège qui contamina ton père. Tout ira bien, plus jamais personne ne nous fera du mal. Fais-nous confiance Maxxius, fais-moi confiance.

Ce sont ces paroles attentionnées venant d'une mère aimante, qui libérèrent le jeune gnome de ses peurs. Les terribles souvenirs qui le hantaient disparurent dans les tréfonds de son esprit. Il put dès lors expliquer dans le moindre détail, l'histoire de la bague et de son échange. Après avoir enfin avoué, Maxxius sentit en lui un profond apaisement.
Les parents savaient maintenant toute la vérité, et pour eux, c'était bien plus que suffisant. Bargonius remboursa les centimius de la canette et Gominia récupéra sa bague.

Cette histoire souda les deux petits gnomes qui devinrent les meilleurs amis de Gnomville. Chaque week-end ils se retrouvaient pour regarder des films d'horreur gnomiens tout en buvant du coclius. Quant au jeune Maxxius, il comprit deux choses très importantes ce jour-là. Qu'il ne fallait jamais prendre un objet qui ne nous appartenait pas, et que le mensonge ne servait à rien. Il valait mieux affronter un problème pour le résoudre, plutôt que de mentir au risque de l'aggraver. Durant le restant de sa vie, Maxxius s'efforça de ne plus mentir et d'affronter ses difficultés.

Des années plus tard, Maxxius qui était devenu père à son tour se servit de son histoire pour transmettre ses valeurs. À l'aube de ses cent cinquante ans, l'âme de Gominia rejoignit le champ de coquelicots. Mais avant de libérer son dernier souffle, elle offrit un dernier cadeau à son fils, sa précieuse bague. Maxxius la garda précieusement tout au long de sa vie. Cette bague qui devint l'héritage familial passa de génération en génération. Depuis des millénaires, elle traverse le temps, portant avec elle, les valeurs de son histoire.

Le lien fraternel

A l'ère médiévale où se croisaient magie et réel, dans une vaste plaine au bord d'un grand lac, se trouvait le petit village de Sayuka. Il était protégé par un solide rempart conçu à partir du bois des chênes ancestraux de la forêt. Cette vaste forêt entourait toute la plaine, isolant le village du reste du monde et le forçant à vivre en autarcie. Dans ce village d'un peu plus de trois cents habitants cohabitaient dans leur petit chalet, les deux frères Hiroshi.

Altor l'aîné d'une année, poète dans l'âme, était un doux rêveur. Il passait son temps à contempler la nature, et à écrire des petits contes pour divertir les enfants du village. Il était également un fin cuisinier. Le plus important à son cœur, était de rendre les gens autour de lui heureux. En particulier son frère, qui était le dernier membre de sa famille en vie.

Son frère Kiryukan, de nature plus dynamique, avait de bien plus lourdes responsabilités. Le matin après s'être occupé du potager du jardin, il partait pêcher dans le lac. Il rapportait les poissons pour faire le troc avec les autres villageois. L'après-midi, il fabriquait des pièges à mâchoires destinés à la protection du village contre de terribles bêtes démoniaques appelées les morwaks. Au crépuscule, il revêtait son armure pour effectuer la vigie sur le rempart. Son armure était constituée de plaquettes métalliques lacées les unes aux autres à l'aide de fils de cuir. Il assurait ainsi la sécurité de Sayuka durant les premières heures de pénombre. Après trois heures de garde, la relève s'effectuait. Mais pour Kiryukan, ce n'était pas encore l'heure de se reposer. Étant insomniaque, chaque nuit après sa garde, équipé de son épée et de son arc, il sortait du village pour achever les morwaks tombés dans ses pièges. Jadis, ces monstres furent responsables de la mort de leurs parents.

Il y a une quinzaine d'années, alors que l'aîné était cloué dans son lit se remettant d'une vilaine pneumonie, Kiryukan âgé de six ans, se promenait dans le village en compagnie de ses parents. C'est ce jour-là, quand le soleil avait cessé d'illuminer le ciel, que le village connut la plus terrible attaque de morwaks. Pour sauver leur fils cadet, les parents n'hésitèrent pas à se sacrifier. La mère, dans un instinct de protection, s'empressa de cacher son enfant dans une des meules de foin près des étables. Pendant ce temps, le père gagna de précieuses secondes en faisant barrage à l'une de ces effroyables créatures. Caché au fond de sa meule, Kiryukan, impuissant,

assista au massacre de ses parents. Depuis ce jour, il était obsédé par la protection des habitants Sayuka. Dès l'âge de douze ans, il prit en charge la direction de la construction des remparts. Ce fut sa première action en vue de sécuriser le village.
Altor regrettait parfois l'importance de son frère au sein du village. Malgré leur lien fraternel, ils passaient très peu de temps ensemble. En cause, les responsabilités que Kiryukan s'infligeait. À chaque fois qu'il lui proposait une activité ludique entre frères, celui-ci refusait. Jamais de temps, toujours trop occupé pour le bien du village. Mais malgré cela, Altor ne lui fit jamais de remarques. Il était conscient du trauma vécu par son frère, et de l'importance de son travail au sein de la communauté.

Un beau jour lors d'un copieux déjeuner, Altor proposa à son frère de prendre un peu de repos. Il lui suggéra de se balader jusqu'à l'arbre divin. Ce vieux platane à la taille démesurée se trouvait au centre du cimetière, entre le village et la lisière de la forêt. Il représentait l'immortalité de l'âme. Il était à la base de la croyance du village. Il y poussait en permanence de magnifiques fleurs blanches étincelantes appelées « les larmes d'espoir ». D'après les anciens, cet arbre millénaire protégeait l'esprit des défunts jusqu'à leur réincarnation. Sans cette protection, les âmes ne pouvaient aucunement trouver la paix. Elles finiraient par s'égarer dans le temps, les empêchant ainsi de retourner à une vie nouvelle. C'est pourquoi le cimetière de Sayuka fut construit tout autour de l'arbre divin.
Altor désirait fleurir la tombe de ses parents et espérait bien le faire en compagnie de son frère. Mais comme à son habitude Kiryukan avait bien trop de choses à faire.

- Plus tard peut-être, pour le moment je dois m'assurer du fonctionnement des nouveaux pièges, et puis je dois en replacer à l'arrière du village, cette nuit il y en a pas mal qui ont été abîmés, prétexta Kiryukan.
- Oui plus tard ! Quand nous serons tous deux dans la tombe face à l'arbre divin. Répondit Altor tout en éclatant de rire. Depuis combien de temps n'avons-nous plus subi d'attaques, Kiry ? Si mes souvenirs sont bons, depuis que tu as conçu les remparts. Tu pourrais prendre un peu de repos de temps à autre. Tu en as besoin toi aussi, tu n'es pas invincible. Enfin, fais comme bon te semble ! Je fleurirai la tombe pour toi, mais je suis certain que ça leur aurait fait plaisir que tu viennes leur rendre hommage, dit-il cette fois-ci d'un ton las.

Certes, le village n'avait plus subi d'attaques depuis la construction des remparts, mais les morwaks rôdaient toujours la nuit, à l'affût de la moindre faille.
Ces démons nocturnes étaient jadis une meute de loups blancs. Ils étaient, à l'époque, les protecteurs de la forêt. D'après une légende ancienne, il y a plus de quatre cents ans, lors d'une guerre opposant le monde magique et celui des humains, cette meute fut soumise à la magie noire d'un nécromancien. Un sortilège démoniaque transforma ces gardiens au pelage blanc en de terribles monstres sanguinaires. Les plus grands pouvaient atteindre jusqu'à trois mètres de long. Leur fourrure était à présent d'un noir intense, telle l'obscurité dans la mort. Leurs yeux disparus faisaient place aux flammes de l'enfer. Ce feu sorti des ténèbres consumait peu à peu

leur âme. À chacun de leurs mouvements, une brume aussi sombre que leur pelage les accompagnait. Cette brume vénéneuse, telle de l'acide, détruisait toute végétation sur son passage. Ces pauvres bêtes étaient dès à présent condamnées à errer avec une faim insatiable. Ainsi les majestueux loups blancs d'hier devinrent les effroyables bêtes démoniaques d'aujourd'hui.
Suite à l'insistance de son grand frère, Kiryukan accepta de l'accompagner au cimetière pour s'y recueillir.

- D'accord, je viens avec toi ! Tu as raison, ça ne me fera pas de mal de me changer un peu les idées. Je vérifierai mes pièges plus tard. Si tu le désires, peut-être pourrais-tu m'accompagner. Tu sais, les morwaks ne supportent pas la lumière. Le soleil brille de mille feux, c'est l'occasion de rendre visite à nos parents.
- Marché conclu ! s'écria Altor affichant un sourire immense sur son visage.

Tous deux se mirent en route en direction du platane millénaire. Le cadet armé de son épée et l'aîné, lui, armé de son bouquet de fleurs.
Les deux frères marchaient paisiblement. Altor faisait le pitre comme à son habitude. Kiryukan, lui, plus sérieux et songeur, avait toujours un œil sur l'horizon. Quand ils passèrent le portail du cimetière, le monde autour d'eux s'effaça peu à peu pour laisser place à leurs souvenirs d'enfance. Chaque visite dans ce lieu mystique devait débuter par une oraison à l'arbre divin. Cette prière était une marque de respect en remerciement de sa protection à l'âme des défunts. Respectueux de la coutume, les deux frères se dirigèrent au centre de l'espace funéraire,

sur la place principale. Face au grand arbre, ils répétèrent leur hommage. La tradition respectée, ils se retournèrent et marchèrent une vingtaine de mètres vers l'est pour rejoindre la tombe de leurs parents. Kiryukan restait immobile face à la tombe. Ses mains entrelacées contre son ventre, le regard en direction du sol, il ne laissait apparaître qu'une très fine larme de tristesse. Altor s'accroupit sur le côté droit de la tombe et retira les quelques feuilles et poussières parsemées par le vent sur la pierre tombale. Puis il y déposa le bouquet. Il posa sa main droite sur le nom « HIROSHI » gravé dans la pierre. Il ferma les yeux et dit d'une voix basse ces quelques mots :

> \- Chaque jour, nous avons une pensée pour vous. Nous savons que vous nous protégez d'où vous êtes. Tout se passe bien pour nous, depuis votre disparition, nous avons toujours su maintenir une entre-aide entre nous pour avancer dans la vie. Ce lien fort, créé dans le drame de notre passé, ne pourra jamais se briser. Nous vous aimons de tout notre cœur, un jour nous nous retrouverons, jusque-là soyez apaisés.

À la fin de son hommage, le vent se mit soudainement à souffler. Les feuilles éparpillées sur le sol se mirent à tourbillonner avant de s'envoler brutalement. Le soleil disparaissait peu à peu derrière d'épais nuages gris, empêchant ainsi ses rayons d'éclairer la région. La pluie se mit à tomber. Kiryukan attrapa d'un geste ferme et rapide le bras de son frère.

- Dépêche-toi, nous devons rentrer sur le champ ! Il ne faut pas rester ici, les morwaks peuvent sortir à tout moment.

La pluie se faisait de plus en plus dense. Ils se mirent à courir vers la sortie du cimetière. Mais à leur grand malheur, il était déjà trop tard. Les frères Hiroshi aperçurent face à eux, sortant de la forêt, une horde de cinq morwaks enragés. Ces créatures légèrement dissimulées dans leur brume s'élançaient droit vers eux, fonçant tels des guépards en chasse. Altor comprit que le temps allait leur manquer pour rejoindre le village. Ce choix les mènerait à une mort certaine. Il ramassa aussitôt une branche solide traînant sur le sol et dit à son petit frère :

- Nous n'avons plus le choix, Kiry ! Suis-moi, je sais où aller !

Tous deux firent demi-tour. À toute vitesse, ils rejoignirent, au fond du cimetière, une crypte pour s'y cacher. Cette crypte renfermait les tombeaux de différents chefs de Sayuka. Pendant ce temps, les morwaks arrivèrent près du portail funéraire. L'une de ces bêtes féroces, légèrement décalée du rang, déclencha un mécanisme et se fit harponner instantanément par l'un des pièges de Kiryukan. Il en restait encore quatre qui pénétrèrent dans le cimetière. Dans l'allée de l'entrée, elles s'arrêtèrent net, et commencèrent à renifler bruyamment dans tous les sens. Elles tentèrent pendant plusieurs minutes de détecter la position des frères Hiroshi, mais la pluie avait eu le temps d'effacer leur odeur. Les Morwaks finirent par se séparer, pour partir

chacune d'un côté différent à la recherche de leurs proies. Altor caché dans l'angle entre le mur et la grille fermant la crypte, surveillait furtivement la position des morwaks. Son frère légèrement en retrait derrière lui, restait silencieux et pensif. Hanté par le drame de son enfance, ne voulant en aucun cas revivre cette expérience, il décida de prendre les choses en main. Alors que l'aîné se concentrait sur l'extérieur, Kiryukan l'assomma d'un mouvement sec et rapide à l'aide du pommeau de son épée. Il se déplaça silencieusement vers le fond de la crypte. Arrivé à côté d'un des tombeaux, il poussa la grosse dalle de marbre servant de couvercle. Une fois le tombeau ouvert, le jeune frère constata qu'il n'y aurait pas assez de place pour eux deux. Sans hésitation, il prit Altor sur son épaule, et le coucha à l'intérieur, sur le corps momifié déjà présent. Il referma la dalle, prenant soin de laisser un espace étroit pour l'air. Il reprit ensuite la position de son frère près de la grille pour surveiller l'extérieur. Une des bêtes démoniaques se trouvait à moins de vingt mètres de lui. Lentement, elle avançait, essayant de les débusquer en usant de son flair. Il restait trop peu de temps à Kiryukan pour se mettre lui aussi à l'abri. Le morwak, se rapprochant peu à peu, allait bientôt détecter son odeur. Le cadet récupéra le bâton d'Altor tombé auparavant et, à l'aide de son épée, tailla le bout en pointe afin d'en faire une lance.
Il s'adossa contre le mur du côté de la grille avant de l'ouvrir brusquement. Le bruit alerta la bête. Elle galopa aussitôt et bondit d'un énorme saut à l'intérieur de la crypte. Kiryukan, à l'affût, lança de toutes ses forces la lance au moment où la bête fit son apparition. La lance fraîchement taillée vint s'enfoncer entre les côtes du

morwak. Elle le déséquilibra dans son élan. Pendant que la bête chutait et glissait sur les pavés, le vaillant cadet lui sauta dessus. Brandissant son épée à deux mains, la lame vers le bas, Kiryukan lui transperça violemment le cou. Électrisé par la colère, il utilisa le poids de son corps pour pivoter brusquement. Aidé par la force centrifuge, il lui trancha la gorge de part en part. Son regard de feu s'éteignit avec son dernier souffle. Abattu, le monstre terrifiant gisait dans son sang sur le plancher de la crypte. Le vacarme de la lutte avait alerté les autres morwaks. Ces bêtes étaient énormes, seul le désir d'assouvir une faim insatiable les guidait. Attirées par le bruit, elles foncèrent vers la crypte. Les flammes remplaçant leurs yeux dans leurs cavités oculaires s'intensifièrent avec l'excitation. Kiryukan ne voulait, en aucun cas, prendre plus de risque pour son frère. Il décida de s'éloigner au maximum des morwaks. Il sortit de la crypte en courant. L'une des créatures arrivait sur sa gauche et l'autre par le sentier de droite. Le jeune frère, lui, accéléra tout droit devant lui, en direction du vieux platane. Les deux bêtes démoniaques voyant leur proie s'échapper se mirent en furie. Pour le rattraper, elles foncèrent à vive allure. Au moment de tourner au croisement des sentiers, allant beaucoup trop vite, elles s'entrechoquèrent et tombèrent l'une sur l'autre. Kiryukan profita de ce moment pour accélérer de plus belle. Il essaya d'atteindre l'arbre divin pour se réfugier dans ses hautes branches. Mais lorsqu'il arriva au niveau de l'arbre, il fut surpris par un choc fulgurant au niveau du bassin. Ce coup, d'une extrême violence, le projeta sur le tronc du platane. Le troisième morwak, d'un coup de tête, venait de mettre fin à sa course.

Sonné et épuisé, Kiryukan se retrouva couché entre les grosses racines de l'arbre sacré. Dans un ultime effort, il entrouvrit les yeux. D'une vision floue, il aperçut face à son visage, la bave dégoulinante entre les crocs acérés de la gueule béante du morwak. Sur le point d'être dévoré, le jeune Hiroshi perdit connaissance.

Plusieurs heures passèrent, la tempête avait passé son chemin. Les rayons du soleil recouvraient à nouveau la vallée. Altor émergea lentement de son inconscience. En se redressant tout en se frottant les yeux de la main droite, il se cogna le sommet du crâne sur la dalle. Il se rendit compte, à ce moment, qu'il était enfermé. L'odeur putride commençait à devenir insupportable. Altor entra en panique quand il sentit le cadavre en dessous de lui. Il ferma les yeux et se concentra pour reprendre ses esprits. Après quelques secondes, il retrouva son sang-froid. Il se mit à observer tout autour de lui, et vit la petite ouverture. Avec les doigts de ses deux mains, il tira de toutes ses forces. La dalle se déplaça légèrement faisant place à un espace plus large. Dès lors, il utilisa ses deux mains pour ouvrir le tombeau. Enfin libre, il vit le corps de la bête au centre de la pièce, la tête à moitié séparée du reste de son corps. La scène violente présente sous ses yeux lui laissait craindre le pire pour Kiryukan. L'aîné comprit que son frère n'avait eu d'autre solution que de se battre. Il se mit à sa recherche dans le cimetière, hurlant son prénom jusqu'à se briser la voix. Ses appels restèrent sans réponse. Arrivé sur la place centrale, Altor aperçut un peu de sang parsemé sur le sol. Ces traces menaient droit vers l'arbre divin. Sur ses gardes, d'un pas lent, Altor les suivit jusqu'au tronc du grand platane. C'est là, entre les racines, sur des feuilles tachetées de sang, qu'il retrouva l'épée de son frère disparu. Avec un ultime espoir de retrouver Kiryukan, il s'empressa de rejoindre le village.

À Sayuka, les habitants se remettaient, eux aussi, de la terrible tempête qui s'était abattue. Contrairement aux frères Hiroshi, le village ne subit aucune attaque des viles créatures. Et ce, grâce à la protection du solide rempart. Les commerçants ressortaient leurs étals remplis de marchandises. Iberion le forgeron s'attelait à raviver les braises de son four à l'aide de son gigantesque soufflet. Quelques enfants s'amusaient à ramasser les débris laissés par les vents violents, et d'autres villageois balayaient les crasses devant leur habitation.

Altor débarqua en criant de lui ouvrir les portes de Sayuka. Les gardes postés au pied du rempart s'empressèrent de répondre à sa demande.

- KIRYUKAN ! Quelqu'un a vu Kiryukan ? s'écria Altor tout en pénétrant dans le village.
- Non ! Que se passe-t-il mon jeune ami ? Pourquoi es-tu tout affairé ? demanda le forgeron
- Le cimetière a été attaqué par les morwaks et Kiryukan a disparu ! Il n'est pas revenu ici ? Vous ne l'avez pas vu ?
- Depuis cette maudite tempête, je n'ai vu personne d'autre que toi franchir cette porte. Je suis navré pour ton frère Altor. Mais à l'évidence, Kiryukan n'est plus. Ces bêtes immondes nous ont encore arraché un des nôtres. Paix à son âme, répliqua Iberion.

Suite aux dures paroles du forgeron, Altor réalisa que son frère n'avait pas survécu à l'assaut. Il imagina alors que son corps, qui était introuvable, avait été emporté par les créatures tel un trophée. Altor plongé dans sa tristesse et sa colère fut soudainement interpellé par une certitude.

Il était primordial pour permettre la réincarnation de l'âme de Kiryukan qu'il soit sous la protection de l'arbre divin. Altor devait donc, coûte que coûte, ramener le corps de son frère pour l'enterrer auprès de ses parents. Le jeune poète décida, malgré le danger, de partir au matin en quête de la dépouille de son jeune frère. La nuit tombante, Altor rentra chez lui pour se reposer.

Aux premiers rayons de soleil, il s'équipa de l'armure de son frère et embarqua quelques provisions dans sa besace.

Juste avant de sortir, il ramassa l'arc et le carquois qui traînaient dans l'entrée de la maison. L'aîné n'avait rien d'un chasseur, et encore moins d'un pisteur. Mais il ne manquait pas de courage et de détermination. Il lui suffisait de suivre le chemin façonné par la brume vénéneuse lors de l'attaque du cimetière. Cette route de désolation le mènerait droit vers le territoire maudit des morwaks. L'arc en main, il s'enfonça avec prudence dans la forêt silencieuse. Sur le sentier qu'il empruntait, seule la mort régnait, rien n'avait survécu au passage de ces créatures démoniaques. Après près de deux heures de marche, il arriva dans une zone complètement dévastée sur plusieurs hectares. Cela ne pouvait être que le territoire Morwak. La chance était aux côtés de notre jeune héros, le soleil était à son zénith. Les bêtes ne supportant pas la luminosité devaient être terrées à l'abri du rayonnement solaire. L'aîné des Hiroshi fouilla la zone durant de très nombreuses minutes avant de trouver une étroite ouverture dans la roche. Il venait de découvrir une grotte. Peut-être était-ce le terrier des morwaks ? Peut-être que le corps de Kiryukan s'y trouvait ? À l'aide d'un morceau de bois et d'un bout du tissu de sa chemise, il conçut une torche. Une fois celle-ci allumée, il pénétra dans la grotte et descendit vers les tréfonds de la terre. Il avança, doucement, la peur au ventre, essayant d'être le plus discret possible. La descente l'amena à ce qui semblait être un couloir, mais il était bien trop vaste pour en distinguer le fond. Pas à pas, Altor avança, le bras tendu face à lui, la torche solidement tenue en main. Arrivé à mi-parcours, les flammes de son flambeau dévoilèrent discrètement l'extrémité du couloir. En son centre apparut une vieille porte de bois. Mais, son regard fut instantanément attiré par tout autre chose. Sur le sol, endormis de part et d'autre de la porte, deux morwaks montaient la garde. Chacune de ces créatures était reliée par le cou à une épaisse chaîne métallique. Ces chaînes aux maillons légèrement rouillés étaient fixées dans la roche. Altor, terrorisé, recula tout doucement de quelques pas. En voulant regarder derrière lui, il vit un petit caniveau rempli d'un liquide étrange qui longeait la paroi du mur latéral. Il s'en approcha sans faire de bruit, mit un genou à terre et posa son arc sur le sol. Il trempa son doigt dans le liquide afin de juger sa texture et son odeur. C'était de l'huile de baleine. Il mit alors en contact sa torche et l'huile. En une fraction de seconde, le feu se propagea le long du mur. Les flammes éclairant aussitôt le couloir eurent comme conséquences de réveiller les bêtes démoniaques. Les morwaks enragés et affamés semblaient être attachés là depuis une éternité. Complètement fous, ces monstres sanguinaires s'agitaient dans tous les sens. Animés par un seul désir :

se libérer pour dévorer l'intrus. Altor ramassa son arc, et, tout en se redressant, attrapa une flèche dans son carquois pour pointer dans leur direction. Les deux créatures surexcitées se débattirent de plus en plus. La tension sur les chaînes était tellement forte, que de l'une d'elles se brisa. Le monstre enfin libéré fonça immédiatement sur Altor qui tendit au maximum la corde de son arc. La bête, toute proche, sauta, la mâchoire grande ouverte, comme si elle voulait lui dévorer la tête. À cet instant précis, Altor se jeta en arrière et libéra sa flèche. La flèche entra comme un éclair dans la gueule du morwak. Elle lui transperça le palais et ressortit par son crâne. Le tir avait été tellement puissant, que le projectile termina sa course dans la poitrine de l'autre créature démoniaque enchaînée derrière.

Altor tomba au sol en même temps que la bête. Elle atterrit morte juste à côté de lui, la mâchoire encore entrouverte. L'aîné des Hiroshi prit appui sur ses mains et se releva lentement. Il s'avança vers le deuxième morwak tout en sortant l'épée de son fourreau. La créature souffrante et affaiblie par la flèche tentait désespérément de la retirer de sa poitrine. Altor profita de ce moment pour lui asséner le coup fatal. Il lui planta profondément la lame en plein milieu du crâne. Débarrassé des deux créatures devant la porte, Altor pouvait enfin s'en approcher. Elle avait été conçue en bois de kaki, un matériel très résistant et de couleur pourpre foncé. Sur ses contours, sculptées dans la roche, des gravures macabres d'ossements se mélangeaient à des symboles venant d'une langue inconnue. L'aîné des Hiroshi eut l'impression d'être face à la porte des enfers. Mais malgré sa peur, il poussa de toutes ses forces. En y mettant toute son énergie, il réussit à ouvrir la vieille porte. Le caniveau contenant l'huile enflammée passait sous la roche et bordait chaque mur de la nouvelle salle. Le feu ainsi transporté illuminait toute la pièce. Altor regarda tout autour de lui. Sur son côté gauche, le long de la rigole bordant le mur, se trouvait une grosse étagère infestée de poussière et de toiles d'araignées. Elle était remplie de vieilles fioles en verre, toutes teintées de couleurs diverses. Du côté droit, il y avait une sorte de brasero qui s'était réactivé via le feu transporté par le caniveau. Un énorme chaudron pendait dans le vide, juste au-dessus. Il était relié au plafond grâce à un ingénieux mécanisme permettant de le manipuler sans trop d'effort, et ce malgré son poids conséquent. Au centre de la pièce, était présente une lourde table en pierre bleue. Un grimoire ouvert ainsi que de vieilles bougies déjà consumées y étaient disposés. Certaines pages de ce vieux livre commençaient à se décomposer.

Altor comprit rapidement où il se trouvait, quand il vit, à trois mètres derrière la table de pierre, un trône terrifiant. Il avait été élaboré à partir de nombreux crânes de loups. Assis sur ce siège tel un roi, se trouvait un squelette tout de noir vêtu. Il portait autour de son cou un pendentif orné d'une énorme pierre rouge. Altor venait de découvrir le corps du légendaire nécromancien. Notre héros se dirigea vers le vieux grimoire. Il essaya de l'agripper d'une main, mais le livre se mit à s'effriter. Il se pencha alors au-dessus et essaya de lire quelques mots encore déchiffrables.

- La clef fait et défait. Un sceau protégé nourrira le démon.

Qu'est-ce que ces mots pouvaient bien signifier ? Parlaient-ils du sortilège de l'histoire racontée aux enfants du village ? Quels étaient ce sceau et ce démon dont le vieux grimoire parlait ?

Quoi qu'il en soit, Altor n'avait plus de temps à perdre. Il n'avait toujours pas retrouvé son frère et le temps lui manquait. Il eut à cet instant, un sentiment étrange. Il ressentait sa présence. Comme guidé par l'esprit de Kiryukan, Altor arracha le pendentif du nécromancien et ressortit de la grotte en courant. En dépit de son épuisement, Altor aurait volontiers continué ses recherches, mais le soleil couchant annonçait un danger imminent. L'obscurité de la nuit allait rapidement faire son apparition, pour libérer les créatures démoniaques de leur terrier. S'il restait ici plus longtemps, il perdrait la vie, et emmènerait avec lui l'espoir de sauver l'âme de son frère. Il prit donc sagement la décision de rentrer au village. Dès l'aube, il reprendrait ses recherches, car sans nul doute, le corps de son frère devait se trouver quelque part dans cette zone. Il avança d'un pas rapide, sans regarder derrière lui. Il ne lui restait que peu de temps pour arriver. Quand il sortit de la forêt, le crépuscule avait déjà commencé. Altor se sentit subitement paralysé, complètement désemparé et submergé par la tristesse. Puis un autre sentiment très puissant lui traversa le corps. Une sensation similaire à celle ressentie plus tôt dans l'antre du nécromancien. Ce sentiment devint aussitôt une évidence. Kiryukan était

83

tout près. Attiré par un lien très fort, Altor se mit à courir vers l'arbre divin.
Au pied de l'arbre, il leva la tête pour regarder les vastes branches du majestueux platane.
Il retira le pendentif de son cou. Le tenant en main, il le regarda longuement, comme hypnotisé par la brillance de la pierre. Puis il ferma ses poings, et tomba à genoux.

- Aide-moi, arbre divin, aide-moi à trouver mon frère, aide-moi à sauver son âme de l'errance, dit-il en pleurant.

La lune avait remplacé le soleil, des hurlements lointains se faisaient entendre.
Les morwaks n'allaient plus tarder à apparaître. Altor était anéanti. Malgré tous ses efforts, il se sentait totalement impuissant. Il serra les poings de toutes ses forces et se mit à frapper le sol en criant toute sa rage, libérant ainsi toute sa colère. Il émit une telle pression sur la pierre, qu'elle finit par se briser. Entaillé à la main, il l'ouvrit. Les éclats de la pierre recouverts de son sang tombèrent au pied de l'arbre divin.
Pendant ce temps, une centaine de morwaks chargeaient en direction du village. Un autre beaucoup plus grand fonçait droit sur le cimetière. Sayuka ne connut jamais d'attaques de cette ampleur. Les bêtes étaient déchaînées, elles venaient en finir, suite à la violation de leur territoire. Tout le monde allait y passer. Les pièges dissimulés ne suffiraient pas à les arrêter. Les remparts, eux, ne résisteraient pas à une telle charge, c'était bel et bien la fin d'un peuple.
Mais alors que la fatalité paraissait inévitable, une chose étrange se produisit. Les morceaux de la pierre se

liquéfièrent et se mirent à s'enfoncer doucement dans la terre. Les larmes d'espoir, poussant sur les branches de l'arbre divin, se mirent à scintiller. Ensuite, elles se mirent à briller de mille feux, éclairant l'intégralité du cimetière. Brusquement, une gigantesque explosion de lumière éclata de l'arbre divin. L'onde de choc lumineuse se rependit à travers toute la vallée et au-delà de la forêt. Les morwaks soufflés sous le passage de la lumière s'effondrèrent instantanément. La brume noire se dégageant de leur corps les enveloppa et se transforma peu à peu en un épais nuage blanc. Le nuage s'estompa doucement, et les morwaks démoniaques redevinrent les majestueux loups d'antan. Aussitôt après avoir repris connaissance, les loups repartirent dans leur forêt. Tous sauf un, l'impressionnant mâle alpha qui se tenait devant le cimetière. Le loup majestueux s'avança lentement pour rejoindre Altor. Il se plaça à ses côtés et face à eux, il gratta le sol d'un mouvement de patte puissant. Les racines du platane se mirent à bouger. La terre se déplaça lentement, dévoilant le corps inanimé de Kiryukan. Altor s'empressa de prendre son frère dans ses bras. C'était un vrai miracle, son frère respirait encore. Blessé, mais en vie, il reprit peu à peu connaissance.

Les larmes d'espoir se détachèrent l'une après l'autre de leur branche. Tourbillonnantes, transportées par le vent, elles vinrent se regrouper face aux jeunes Hiroshi. Peu à peu, elles formèrent deux silhouettes. Les deux frères se redressèrent, Altor aidant son frère à se maintenir debout. Ils restèrent immobiles, tous deux, les larmes aux yeux.

Face à eux, leurs parents. La mère s'avança en premier vers le cadet. Elle posa délicatement sa main sur son bassin, et sa blessure se referma sous son contact.

- Kiruykan, lorsque tu as perdu connaissance, grâce à l'énergie de toutes les âmes ici présentes, ton père et moi avons pu t'apporter un dernier secours. Tout est fini maintenant. Tu n'as plus rien à craindre, pense à toi et sois heureux mon fils. Nous veillerons toujours sur vous, lui dit-elle

Puis elle s'avança vers l'aîné et dit :

- C'est ici que tout commença Altor. Le mage noir invoqua et emprisonna le démon dans cet arbre qui n'était autre que le sceau de l'invocation. Ce démon contamina les loups pour en faire des chasseurs d'âme. Chaque âme des victimes de morwaks venait nourrir le sceau, et par la même occasion, renforçait le pouvoir du démon. Pour activer son sortilège, le nécromancien devait verser son propre sang sur la terre du platane, son sang était la clef de l'incantation. Après avoir nourri cette terre, le sang se cristallisa. Le nécromancien le ramassa et l'emporta avec lui. Pour que le sort ne soit jamais brisé, il partit dans le seul endroit où personne n'oserait s'aventurer. L'ancien territoire des loups. Mais c'était sans compter l'amour qui te lie à ton frère. C'est lui qui te guida tout au long de ton périple.
Mon fils, sois fier de toi, tu as libéré ce monde du maléfice. Tu as sauvé l'âme de toutes ses victimes. Maintenant, elles peuvent trouver la voie de la réincarnation. Altor, nous vous aimons, ton frère et toi, pour l'éternité.

Les larmes d'espoir se séparèrent et s'envolèrent haut dans le ciel pour former de nouvelles étoiles. Le loup repartit rejoindre sa meute dans la forêt pour reprendre leur place de protecteurs. Et nos deux frères rentrèrent chez eux, acclamés en héros.

C'est ainsi que le lien fraternel, liant deux frères dans l'amour, leur apporta le courage de sauver tout un monde.

La princesse, le dragon... et le prince

Ce conte fantastique, aux traits humoristiques, va vous narrer l'histoire d'un prince qui par amour pour sa dulcinée, affrontera la plus terrible des créatures de l'époque médiévale.
C'était une période encore pleine de mystères et de légendes. Une époque où le ciel était bleu, les nuits étoilées et la terre richement fertile. Tout débuta au château d'Amplehanche. Cette construction atypique était le fleuron de la famille princière des Aubergin. L'extraordinaire particularité de ce château se trouvait dans sa disproportion. Il s'étendait à travers les plaines sur une distance de six cents kilomètres. Il s'agissait de la plus vaste bâtisse présente dans toute la galaxie. Tout du long de ce château de trente mille chambres se trouvaient de petites cours internes. Afin de pouvoir

circuler aisément à travers le château d'Amplehanche, chacune d'elles possédait une petite écurie. Ces écuries princières étaient indispensables, car pour circuler d'un bout à l'autre du château, il fallait compter deux journées complètes, et ce, à dos de cheval. Les pierres qui constituaient cet incroyable édifice avaient été minutieusement taillées à la main par des artisans venus du monde entier.

Amplehanche abritait, en dehors des multiples cuisiniers et domestiques, le prince Jean Aubergin et sa promise, la princesse Arielle Cornecul. Les deux amoureux qui n'avaient pas encore célébré leurs noces ne pouvaient vivre côte à côte. Cela leur était strictement interdit par le très précieux protocole de bienséance princière. Mais par chance, Amplehanche était suffisamment vaste pour maintenir la séparation exigée. Ils avaient donc la possibilité de vivre sous le même toit. Les appartements de la promise se trouvaient dans l'aile droite du château, tandis que ceux du prince se situaient du côté gauche.

Tous les mercredis, avec la plus intense des excitations, les deux tourtereaux quittaient respectivement leurs appartements. Ils chevauchaient un étalon, et se rendaient au centre d'Amplehanche. Ils s'y réunissaient une fois par semaine afin d'entretenir la passion qui les animait. Dans l'immense salle de bal, en tête à tête, ils se retrouvaient autour d'un dîner romantique. Toujours par respect du protocole, ils s'assoyaient chacun à une extrémité de la table. Une table rectangulaire de quatre cent quatre-vingts mètres de long où leur était servi un délicieux menu de huit services. En dehors de cette rencontre du mercredi, le château était tellement grand qu'ils devaient communiquer par pigeon voyageur.

Un beau jour, le prince Aubergin décida de faire sa demande en mariage. Il était temps pour eux de sacraliser officiellement leur union. Pour ce faire, le prince envoya un pigeon postal à sa belle promise. Le message rempli de mystère lui signalait le déplacement du rendez-vous hebdomadaire au vendredi.

« *Douce étincelle de mon âme, de vous voir mon espoir se nourrit. L'ultime rencontre ne sera pas habituelle, car ce vendredi elle nous réunira. Sur le porche, votre dévoué vous attendra.* »

Durant toute la semaine, le prince s'attela énergiquement à la préparation de sa demande fracassante. Tout devait être parfait pour cet évènement. Il s'investit lui-même dans la décoration et le choix des musiciens, s'assurant ainsi d'avoir l'ambiance romantique désirée. Il prépara avec l'aide de son chef cuisinier quinze étoiles, un menu fantasmagorique pour sa bien-aimée.

Le jour tant attendu arriva, et pour cette occasion, le prince revêtit son costume le plus élégant, couleur rose bonbon et intégralement estampillé de mini cœurs pourpres. Debout dans la cour, placé entre l'écurie et la porte qui menait aux festivités, le prince attendait, fleurs en main, celle qui bientôt deviendrait son épouse. Immobile, telle une statue de Michel-Ange, son regard guettait la venue de sa belle. Les minutes passèrent, puis ce furent les heures qui défilèrent. Le prince, impassible, fixait toujours l'horizon. Une légère pluie fit son

apparition, mais le prince, vaillant, ne bougea point. Peu de temps après, ce fut le vent qui pointa le bout de son nez, transformant la fine pluie en un vrai déluge. Mais le prince, vaillant, ne bougea point. La lune remplaça peu à peu le soleil, plongeant Amplehanche dans l'obscurité d'une nuit glaciale. Mais, même mouillé et gelé, le prince, vaillant, ne bougea point.
Ainsi passèrent trois jours. Le prince débraillé, trempé, décoiffé, affichant de larges cernes sombres sous les yeux, attendait, toujours impassible, fleurs flétries en main.
Un retard de trois jours était bien inhabituel. Le prince Aubergin commença à s'interroger. Sa douce avait-elle pris peur devant sa demande de changement de jour ? Avait-elle eu un accident sur la route ? Ou pire ? Toutes sortes de questions vinrent soudainement envahir son esprit. Il prit, après tout ce temps, enfin la décision d'aller voir ce qui se tramait. Sans perdre une seconde de plus, il sauta tel quel dans son armure et enfourcha son cheval. À toute vitesse, il traversa le château.
En fin de journée, il arriva dans l'aile droite d'Amplehanche. En pénétrant dans la cour de la princesse Arielle, il entendit d'effroyables hurlements. Ces cris stridents, qui firent voler en éclat toutes les vitres, surgissaient du ciel. Aussitôt, il leva les yeux. Entre deux nuages en forme de popotin, un affreux dragon se dandinait. Une énorme bête dont les écailles turquoises brillaient sous la lumière du soleil. Son gros ventre, bien en chair, était entièrement recouvert de poils roux. Dans sa patte avant, bien velue elle aussi, il tenait fermement la pauvre Dulcinée. À chaque battement d'ailes, Arielle était prise de violentes nausées. Mais

malgré ses multiples éructations, elle savait encore hurler à l'aide avec panache.
La bête immonde s'éloignait de plus en plus du château d'Amplehanche. Avant que la créature ne disparaisse à jamais avec sa bien-aimée, le prince Jean Aubergin se mit à leur poursuite. Avec son fidèle destrier Filimon, il les fila à travers les plaines. Tout en gardant un œil rivé sur le ciel car il ne devait pas se faire distancer. La princesse Arielle nauséeuse avait bien du mal à retenir son mal-être. Elle se mit à régurgiter avec élégance tout ce que son petit estomac contenait. Elle évacua en premier son petit déjeuner. Café, jus d'orange, croissants et pain au lait furent au menu. Le prince qui se trouvait légèrement en arrière reçut le colis en plein visage. Sans ralentir sa course, il se frotta le visage d'un geste puissant. L'odeur alléchante des viennoiseries faisait envie à ce pauvre homme qui n'avait rien avalé depuis plusieurs jours. Quelques secondes plus tard, elle se soulagea d'un savoureux ragoût d'agneau aux petits légumes de saison. Le projectile toucha encore une fois sa cible. D'un large mouvement de main, le prince se racla le visage tout en ronchonnant. Il avait, depuis sa plus tendre enfance, horreur des navets. Une chose évidente lui sauta aux yeux, sa dulcinée ne supportait pas les vols Dragon low cost.
L'ignoble dragon qui observait avec amusement l'action eut une idée ingénieuse. Il se servit de la pauvre Arielle pour bombarder le prince, espérant ainsi le déséquilibrer de sa monture. Pour augmenter la cadence du bombardement, l'immonde créature, agita la dulcinée, comme si elle était un hochet dans une main de nouveau-né. Après avoir goûté à la mousse au chocolat et à la tarte Tatin, le prince finit par esquiver ces attaques

gastronomiques. À force de vider la panse de la belle princesse, le dragon lâchait inconsciemment du lest. De ce fait, il montait progressivement dans les airs. Et au bout d'un certain temps, la belle et la bête disparurent à travers les nuages. Le prince les perdit de vue, tandis qu'il se trouvait à l'orée de la Forêt Enchantée.
Ce lieu pacifique, jadis connu sous le nom d'Eden, était un véritable sanctuaire. Animaux et êtres fantastiques de tout genre y vivaient en symbiose avec la nature. Dans cette zone sacrée de la principauté, protégée des guerres depuis la nuit des temps, nous pouvions y croiser lutins, trolls ou encore de magnifiques petites fées. Il n'était pas rare de les voir festoyer, tous ensemble, lors d'une gigantesque orgie. Ils chantaient, buvaient et dansaient à longueur de temps. Loin des malheurs de ce monde, leur vie était forgée dans la joie de l'insouciance. Dans cette forêt pleine de mystère, il était également possible de communiquer avec les animaux.
Après quelques secondes de réflexion, le prince qui gardait l'espoir de retrouver sa belle décida de continuer sa progression. Prudemment, il s'avança, délicatement, il écarta des branches, et, avec le plus grand respect, il pénétra, tout en douceur, dans la Forêt Enchantée. À peine s'était-il glissé à l'intérieur, qu'il entendit une voix rauque s'adresser à lui.

- Oh Jean, tu es lourd mon vieux ! Je ne sais pas si tu es au courant, mais ton armure est plus lourde qu'un panier de légumes infesté de limaces ! Franchement, tu me ruines le dos !

Le prince, surpris, se pencha lentement en avant. Il observa avec amusement son canasson prononcer ses paroles. Ses grosses lèvres pulpeuses qui laissaient apparaître ses énormes dents jaunâtres lui donnaient l'impression de mâchouiller du tabac à chiquer.

 - Eh ! Mais tu parles maintenant Filimon ? lui demanda le prince.
 - Bah oui gros malin, nous venons d'entrer dans la Forêt Enchantée. Et tant qu'on y est, me faire poursuivre un dragon, non, mais tu es sérieux !? C'est quoi le but ? Lui offrir une demi-tonne de steak ? De plus, c'est quoi ce nom débile que tu m'as donné, Filimon, j'ai une tête de Filimon moi ? Ça te plairait que je t'appelle Cunégonde ? Non, mais franchement c'est du n'importe quoi dans cette principauté.
 - Oh ! ça va ! Vieux ronchon, tu ne fais que gémir tout le temps ! Je savais que je n'aurais pas dû passer par ici, tu ne vas plus arrêter de râler.
 - Ouais, et ? Maintenant que nous y sommes, tu ferais bien mieux de t'y habituer… Cunégonde, répondit insolemment Filimon.

Les deux comparses s'enfoncèrent peu à peu dans la Forêt Enchantée. Ils entendirent de la musique et des rires retentir au loin. Attirés par ces bruits joyeux, ils se laissèrent guider jusqu'à eux. Avançant sur un étroit sentier de terre, ils traversèrent, tous deux, l'épaisse végétation. Ce chemin les amena droit sur une petite clairière où se célébrait la Félicité. Les habitants de la forêt s'étaient tous rassemblés autour d'un gigantesque banquet. L'énorme table de chêne, placée au centre de la clairière, débordait de fruits et de légumes frais. Ceux-ci faisaient le bonheur des multiples animaux qui discutaient dans la joie et la bonne humeur. Mais ce qui intéressait le plus les fées dévergondées, les lutins farceurs et les trolls libidineux, c'étaient sans aucun doute, les tonneaux d'hydromel fermenté. Tous unis dans une ambiance de débauche à l'occasion de la fête sacrée de la Félicité. C'était pour eux la manière de remercier la protection offerte par la Forêt Enchantée. Une protection magique, grâce à laquelle leur vie ne connaissait jamais la douleur, qu'elle soit physique ou sentimentale.

- Bon, Jean ! Faisons une halte, je suis crevé, allons faire un peu la fête, histoire de se requinquer. Il y a une petite fée super sexy qui me fait de l'œil là-bas. Tu vois à côté du troll évanoui ? Celle qui fait du Lap dance sur le tonneau avec la paille de l'autre endormi. En plus, elle m'a l'air bien éméchée. Alors s'il te plaît, tu es partant ? demanda Filimon fixant avec envie la petite fée danseuse.
- Ça suffit maintenant ! D'un, je suis ton prince et ton maître ! De deux, nous ne sommes pas ici pour faire la fête, mais pour sauver ma dulcinée ! Et de trois, elle est trop petite pour toi, non, mais tu t'es vu sérieux ? Tu fais plus de six cents kilos ! Et elle, la pauvre, doit peser au maximum cinq cents grammes, laisse tomber.
- Rabat-joie ! Pour une fois que j'avais l'occasion de faire autre chose que de bouffer de l'avoine dans ce maudit château. Tu commences à m'ennuyer profondément avec ta dulcinée, elle est partie avec un autre, tant pis ! C'est la vie mon gars ! Tu en auras une autre, arrête de lui courir

après ! Tu es un véritable soumis, ce n'est pas possible ! Détends-toi un peu et viens faire la fiesta bon sang !
- Elle n'est pas partie avec un autre, vieux pervers ! Elle a été kidnappée par un horrible dragon ! Sa vie est clairement en danger, cria le prince.
- Ouais, ouais, ouais. Ça, tu n'en sais rien, ceci n'est que supposition, répondit Filimon d'un ton agacé.

En pleine dispute du duo héroïque, le prince et son cheval furent brusquement interrompus par un son effrayant capable de faire trembler une sorcière maléfique.

- Whiiiiiiiiiiiiiiiiiiiiiiiiiiiiiiiiiiiiiiiiiiiiiiiiiiiih !

Un bruit de sirène horriblement perçant. Il était tellement strident que tous les papillons qui virevoltaient passionnément autour du prince explosèrent les uns après les autres.
Le prince se retourna brusquement et leva son regard en direction de cet insupportable bruit. Depuis les épais nuages nappant le plafond du monde, l'immonde dragon poilu faisait sa soudaine réapparition. Il volait en piqué et fonçait droit sur le prince et sa monture. Dans sa patte arrière droite, il tenait fermement la pauvre Arielle Cornecul. Elle semblait totalement terrorisée. Seul le sol grossissant attirait son regard. Sa magnifique chevelure blonde bataillait avec les violentes bourrasques. C'est avec les yeux écarquillés par l'effroi et la bouche grande ouverte, qu'elle hurlait à en réveiller les morts.

- Justement, la voilà ! Arielle la petite sirène, pouffa Filimon.
- Tirons-nous vite d'ici Filimon ! s'écria le prince.

Après s'être majestueusement cabré, Filimon se mit à galoper. Il sauta par-dessus la table du banquet et traversa la clairière. Alors que nos deux héros tentaient de se réfugier dans l'épaisse végétation de la forêt, le dragon, lui, se rapprochait dangereusement. D'un grand coup d'aile, il stoppa net sa descente. Surplombant le banquet, le dragon turquoise faisait la fascination des fêtards. Tous étaient bien trop imbibés et accoutumés à leur sainte protection que pour réaliser le danger imminent. La bête immonde, lasse d'être suivie, tenait enfin l'occasion de se débarrasser de ce prince parasite. Voyant ce dernier s'enfuir, il se redressa sur lui-même, gonfla son torse, et cracha le feu de ses entrailles. Son jet surpuissant dispersa sur la clairière des flammes voraces qui vinrent lécher les fesses de Filimon. C'est avec la queue en feu que le fidèle destrier plongea de justesse dans un ravin. À l'abri dans ce creux, le prince et sa monture regardèrent les flammes passer au-dessus de leur tête. Pour éviter la chaleur et surtout de se faire repérer, ils se recouvrirent de terre argileuse. Le gros dragon turquoise s'éleva dans les airs, et survola la Forêt Enchantée. Tel un drone-espion de la CIA, son objectif principal était de débusquer les deux enquiquineurs. Il survola plusieurs fois la forêt, mais impossible de mettre la patte dessus. Le dragon qui était impatient de s'amuser avec sa nouvelle victime perdit patience. Sous l'effet de la colère, il incendia l'entièreté la Forêt Enchantée. Ses flammes surpuissantes dévorèrent tout sur leur passage. Les somptueux arbres ancestraux furent consumés en

une fraction de seconde. Seuls les troncs calcinés étaient encore visibles dans ce paysage apocalyptique. Quant aux créatures magiques qui y vivaient, elles n'eurent pas le temps de réagir face au drame. D'emblée, elles furent couvertes, des pieds à la tête, d'une épaisse couche de cendre. Les éclats de rire qui résonnaient jadis sous la musique et les chants d'oiseaux avaient laissé place au silence du néant. Un vent frais se leva soudainement et emporta les cendres qui les recouvraient, les laissant tous, nus comme des vers. Le feu qui avait été très taquin s'était emparé du moindre poil. Sous l'effet de la haute température, les animaux dégageaient une odeur de viande rôtie. Malheureusement pour eux, cette alléchante odeur eut comme seul effet de réveiller l'instinct primaire des ogres présents. Mais dans tout ce désordre, c'étaient bien les fées les plus gênées. Leur nudité affichée aux yeux de tous provoqua beaucoup d'émoi autour d'elles. Les gnomes ne cessèrent de les dévorer du regard. La beauté du spectacle qui leur était si généreusement offert, provoqua chez eux, l'écoulement d'un filet de bave pestilentielle. Discrètement, ils tentèrent de se rapprocher de ces petits corps à l'épilation parfaite. Mais les fées dont les ailes avaient été abîmées prirent la fuite à pieds. Pendant que les gnomes en rut couraient derrière les petites fées, les autres créatures gesticulaient tout en hurlant d'effroi.
Et c'est ainsi que le somptueux jardin d'Eden disparut à jamais pour faire place au chaos des enfers.

- Que Dragonus, dieu des dragons, me transforme en selle à cheval, si cette fois-ci, je ne me suis pas débarrassé de ces deux poids morts ! jura le dragon.

Regarde-moi cette désolation, quel beau spectacle !
Allez, ma belle, nous avons tant de choses à faire, dit-il à sa prisonnière.

Enfin débarrassé de ses traqueurs, le dragon turquoise pouvait reprendre sereinement son envol. Il reprit sa route, emmenant avec lui son paquet très spécial, la délicieuse princesse Arielle Cornecul.
Alors que le gros lézard volant s'éloignait, le prince Aubergin et son fidèle compagnon Filimon sortirent de leur cachette. Ils se relevèrent, tous deux en sueur et assoiffés par l'extrême chaleur qu'ils avaient dû endurer. Malgré la déshydratation et une gorge desséchée, le prince n'avait rien perdu de sa détermination. Heureux d'avoir survécu, lui et son fidèle destrier repartirent à la poursuite de la dulcinée perdue.

Ils errèrent de nombreuses heures sans rencontrer la moindre source d'eau pour étancher leur soif. Nos deux compagnons d'infortune n'en pouvaient plus. Le prince était affalé sur le dos de son cheval qui, péniblement, essayait d'avancer. Alors qu'il ne semblait plus y avoir d'espoir, un miracle inattendu s'opéra. Au loin apparut ce qui semblait être un lac entouré de saules pleureurs.

- Regarde Filimon, est-ce un mirage ? Tu le vois aussi le lac ? demanda le prince.
- Hiiiiiiiiiiii, hennit Filimon
- Ah bien oui, finie la magie de la forêt, tu ne peux plus geindre maintenant. Dommage, je commençais juste à m'habituer à ton sale caractère. Filimon ! Mon fidèle destrier ! Allons

voir si nous sommes sauvés ou si le destin se joue de nous.

Au fur et à mesure de leur progression, la vision du prince se confirma. Le lac était non seulement bien réel, mais en plus il était immense. Il avoisinait les trois terrains de joutes. Arrivé devant l'étendue d'eau, le prince descendit de sa monture. Il farfouilla dans les sacoches de cuir de la selle, pour en sortir deux pailles de bois. Accompagné de Filimon, il se rendit au bord du lac. Il plaça l'une des pailles entre les lèvres de Filimon et l'autre entre les siennes.

- Santé ! s'écria-t-il.

Ils soufflèrent simultanément dans la paille télescopique qui se déploya de tout son long. Elles mesuraient très exactement deux mètres vingt-trois de long. Sans demander leur reste, ils se mirent à boire.
Et ils buvaient, encore et encore. Ils buvaient sans même prendre une bouffée d'oxygène. A cause de leur soif éléphantesque, ils ne cessèrent de boire jusqu'à ce qu'il ne reste plus une goutte d'eau. Le lac n'était plus à présent, qu'une vaste cavité asséchée. Seul, restait sur ce sol désertique, une étendue de poissons frétillants. Ô malheur, leur soif avait été plus grande que leur vessie. Ils devaient absolument se soulager, impossible de se retenir plus longtemps. Il fallait faire pipi coûte que coûte, la vessie était sur le point d'exploser. Ils sortirent leur outil et urinèrent dans ce qu'il y a peu, était encore un lac. Durant un très, très, vraiment très, très long moment, ils firent pipi. Durant la progressive montée des urines du lac, de nombreux poissons nauséeux

émergeaient pour tousser. Ce fut avec efficacité et productivité que le lac se remplit à nouveau.

En sauvant des centaines de petits poissons innocents d'une sombre agonie, nos deux héros, empêchèrent un nouveau génocide. Et c'est avec fierté que le prince Juan Aubergin et son fidèle destrier quittèrent le lac doré. Alors qu'ils s'éloignaient peu à peu, un poisson en colère apparut en surface et leur fit une énorme nageoire d'honneur.

La traque de la bête immonde pouvait enfin reprendre. Cela n'allait pas être trop difficile. Le prince n'avait qu'à suivre les indices au sol, les fameux mets rejetés par la princesse Arielle. Filimon qui s'était bien ressourcé au lac galopa comme jamais auparavant. Après de nombreuses heures de jeu de piste, une gigantesque tour se profila à l'horizon. Elle était tellement haute qu'elle dépassait les nuages. Ceux-ci masquaient son sommet. Le prince leva la tête pour admirer l'édifice et entrevit le dragon disparaître dans les hauteurs. Le sommet de cette tour devait, sans nul doute, être le refuge du dragon turquoise.

Juan Aubergin arriva au pied de la haute bâtisse. Il sauta de sa monture et laissa Filimon reprendre son souffle. Il prit son courage à deux mains et entra seul dans la tour. Muni de sa lourde armure et de son épée, il gravit les treize mille trois cent vingt marches qui le mèneraient au sommet. Vaillant au début et un peu moins par la suite, il perdit toute dignité vers la moitié où il rampait péniblement pour atteindre son but. Épuisé, mais téméraire, il arriva malgré tout au sommet. Enfin sur le toit, il se redressa péniblement et s'accouda sur ce qui lui semblait être un pilier afin de reprendre son souffle. En une fraction de seconde, il perdit l'équilibre et chuta sur le plancher. Sa tête au bord du gouffre, il regarda dans le vide et aperçut le dragon s'écraser au sol. Sans s'en rendre compte, le prince Jean s'était appuyé sur lui et l'avait poussé du toit. Après autant d'heures de vol, le dragon s'était bien malgré lui endormi d'épuisement. Et comme le content toutes les légendes, rien ne pouvait réveiller un dragon endormi, pas même la mort. C'était clair, celui-ci ne se réveillerait plus jamais. Le prince, fou de joie d'avoir terrassé l'immonde créature, entama une petite danse bien ridicule. Il se retourna et découvrit Arielle. Toute en sueur, elle était attachée et bâillonnée à un poteau. Sa robe était en lambeaux, complètement lacérée par les griffes de la bête. Le prince Aubergin courut aussitôt à son secours et la délivra de ses chaînes. Il la serra fort dans ses bras et l'embrassa avec toute sa passion et son amour.

Ainsi, par amour pour sa promise, le vaillant prince vainquit la plus terrible de toutes les créatures.
Jean Aubergin porta sa belle jusqu'à son fidèle destrier et ensemble, rentrèrent au château d'Amplehanche.

Pour tous, ce fut une fin heureuse. Le souhait du dragon avait été réalisé, Filimon avait l'honneur de posséder l'unique selle turquoise en écailles de dragon. Et quant au prince et à sa bien-aimée Arielle, ils se marièrent, vécurent heureux et eurent beaucoup, beaucoup, vraiment beaucoup de petits dragons turquoise.

La fille de la sandale

De nos jours à Paris, dans les quartiers de Montmartre, habitait dans une belle maison de maître, la famille Bartholomé. Dans cette joyeuse famille vivait un petit garçon de bientôt six ans, Lucas. Il était entouré de sa mère Louise, de son père Benoit, et du grand-père, écrivain retraité, Hector. Cette famille, très connue dans le quartier, y était installée depuis plusieurs générations. Dans la capitale, ils étaient tous très appréciés en raison de leur incroyable tolérance et leur générosité.

Mais, les Bartholomé partageaient un secret des plus mystérieux. Un secret familial qui perdurait depuis plus d'un siècle. Seuls les membres de la famille en connaissaient l'existence.

En effet, étrangement, certains objets disparaissaient régulièrement de la maison sans qu'il y ait d'effractions apparentes. De mystérieuses petites disparitions, comme de la nourriture, des draps, des livres, ou encore des jeux. Comme elles étaient sans gravité, les Bartholomé avaient appris à vivre avec au fil du temps. Les derniers objets disparus récemment étaient la console et le jeu préféré de Lucas, « God of Fighters », le jeu vedette du moment, celui auquel tous les petits garçons jouaient durant leur temps libre. Un jeu de combat où se mêlent gladiateurs, moines Shaolin, chevaliers et bien d'autres guerriers de toutes sortes. Hector, le grand-père, s'amusait à chacune des disparitions, à accuser le fantôme des Bartholomé, ce qui ne manquait pas de faire rire toute la famille.

Le petit Lucas avait une chambre magnifique : une vaste fresque représentant les guerriers de son jeu en ornait les murs. Son lit était en hauteur, et en dessous de celui-ci, se trouvait son petit bureau pour y faire ses devoirs. Une grande armoire en bois acajou faisait face au lit, et juste à côté, un meuble avec son écran plat et sa nouvelle console de jeu. Il y avait aussi dans le coin de sa chambre, une petite étagère à figurines où se trouvait le trophée familial, découvert au dix-neuvième siècle par le quadrisaïeul de Lucas, Oscar Bartholomé, qui était un grimpeur émérite. À l'époque, il avait décidé de battre un record d'ascension. Dès lors, il atteignit un des plus hauts sommets du massif de la Maladeta, la cime de l'Aneto. Au pic de celui-ci, il trouva une sandale dorée. Pour lui, c'était un magnifique ornement datant d'une époque lointaine, il la ramena donc chez lui, dans sa France natale. Et en fit le trophée familial, représentant le courage et la détermination des Bartholomé. Transmise de père en fils, elle appartenait à présent à Lucas, le dernier né de la famille.

Grand-père Hector lui avait un jour conté que les mystères qui entourait la famille débutèrent avec cette fameuse sandale.

Cependant, nul n'aurait pu se douter que cette sandale était liée au destin d'une autre personne. Une étrangère à l'histoire oubliée de tous, dont les sources remontaient au milieu du quinzième siècle.

Durant le règne de l'inquisition, dans un petit village du nord-est de l'Espagne, vivait une petite vagabonde, orpheline âgée de douze ans. Elle se nommait Francesca. Elle était chétive. Sa peau pâle et ses cheveux de couleur rouge faisaient d'elle une fille particulière. À cause de rumeurs malveillantes propagées à son encontre sur ses différences, ses parents l'abandonnèrent quand elle ne comptait encore que quatre ans.

La peur de l'inquisition et de ses tortures était bien plus forte que leur amour parental. Le terrible Tomas de Torquemada, premier grand inquisiteur d'Espagne, rôdait dans tout le pays. Il était toujours suivi de son macabre tribunal. Sa réputation d'homme cruel et sanguinaire n'était plus à refaire. Il était chargé de la capture des hérétiques et des sorcières. Il devait les juger et les condamner. Bien souvent, les pauvres bougres finissaient au bûcher.

Ce qui devait arriver, arriva. Un jour, Torquemada débarqua dans le village de Francesca. Il ne lui fallut pas longtemps pour remarquer la petite vagabonde. Elle était le sacrifice parfait pour faire trembler les villageois, et ainsi rappeler à tous leur devoir d'allégeance.

Torquemada l'inquisiteur la condamna à la purification par le feu. Il envoya aussitôt ses gardes capturer Francesca, mais la petite, très agile, put s'enfuir et s'échapper du village. Les gardes étant toujours à sa poursuite, elle dut se réfugier dans les montagnes. Elle grimpa pendant des heures à travers le massif de la Maladeta. Sans s'attarder, sans se retourner, la peur au ventre, elle grimpait aussi vite que possible. Arrivée au sommet d'un pic, elle aperçut une niche creusée dans la roche, dans cette petite grotte se trouvait un autel. Sur celui-ci était posé un vieux grimoire ouvert en son milieu. Francesca s'avança vers lui et commença à lire la page apparente.
Quand elle eut fini de prononcer le dernier mot de la page, une de ses sandales de paille s'éleva dans les airs. Par magie, la paille devint de l'or. Puis, Francesca et le grimoire s'élevèrent à leur tour, et tous deux disparurent dans un nuage mauve. La sandale d'or retomba au sol et dissipa la fumée.

Le temps passa, le moyen-âge fit place à d'autres époques, les civilisations évoluèrent, les villes s'étendirent. Tout avait changé sauf la sandale, toujours à la même place, sur la roche de la cime.
Jusqu'à l'arrivée d'Oscar Bartholomé, en mille huit cent quatre-vingt-neuf précisément, où elle put enfin sortir de l'oubli.
Car depuis des siècles, Francesca était toujours présente. Elle avait pris domicile dans la semelle de sa sandale. Le sort du grimoire avait changé la sandale de paille en sandale d'or, et ce, afin qu'elle perdure à travers le temps. Quant à la semelle de cette sandale, elle était devenue un somptueux appartement. Il était composé

d'un grand salon, d'une chambre confortable, d'une cuisine équipée et d'une vaste salle d'eau. Cet appartement était digne des suites royales des plus grands hôtels de luxe. Francesca y avait été transférée, et avec elle, le livre sacré. Le puissant sortilège la protégeait également des dangers extérieurs et lui conférait une immortalité. Ce sortilège ne pouvait fonctionner qu'en contrepartie d'un anonymat absolu. Toutefois, afin de se procurer objets et vivres, durant les nuits, Francesca avait l'opportunité de sortir et de reprendre sa taille initiale. Mais dès les premières lueurs du soleil, elle était automatiquement téléportée dans sa semelle-appart. Tout ce qu'elle récoltait lors de ses sorties nocturnes était transféré avec elle.

Cette petite chapardeuse était donc la véritable cause des étranges disparitions au sein de la famille Bartholomé.
Pour passer son temps, et grâce à la nouvelle technologie, Francesca avait trouvé une nouvelle passion. Toutes ses journées, elle jouait au jeu de combat, celui qu'elle avait chapardé par le passé dans la chambre de Lucas. Elle en connaissait chaque combinaison, aucun des personnages n'avait de secrets pour elle. Francesca était devenue une vraie championne. Lucas, pourtant fan de ce jeu, était loin d'être aussi redoutable. Trop jeune pour bien comprendre la complexité du jeu, il manipulait les touches de la manette un peu au hasard. Mais, malgré tout, il était persuadé d'être un excellent joueur. Pour cause, pour l'aider dans l'évolution de son jeu, Francesca sortait les nuits de sa sandale et jouait quelques instants avec sa console. Ainsi, elle débloquait peu à peu, de nouveaux personnages, de nouvelles arènes de combats,

et de nombreux autres bonus pour le petit garçon. Juste avant le lever du soleil, elle remettait tout en place, cela afin que Lucas ne remarque pas sa présence, puis retournait dans sa sandale d'or.

Comme elle opérait judicieusement, Lucas, lui, ne remarquait pas les changements effectués durant la nuit et pensait dès lors en être l'auteur. Du coup, à l'école, quand il parlait de « God of Fighters », et des bonus débloqués, il passait auprès des autres enfants pour le meilleur joueur de l'école.

Le jour de ses six ans, ses parents lui organisèrent une superbe fête. Ils invitèrent tous ses amis et camarades de son école, des enfants de son âge, mais aussi un peu plus âgés. La surprise était de taille, une trentaine d'enfants étaient venus pour son anniversaire. La table était remplie de délicieux gâteaux de toutes sortes, de chips, de cacahuètes et de boissons fraîches et sucrées.

Au fur et à mesure de l'arrivée des invités, les cadeaux étaient empilés au coin de la cheminée. Quand la fête débuta, tous les enfants rigolaient et s'amusaient entre eux. L'ambiance était chaleureuse, les uns jouaient aux jeux de société, les autres avec les ballons d'anniversaire gonflés à l'hélium, et d'autres encore, grignotaient en discutant. Lucas proposa à tous de jouer à « God of fighters ». Très enthousiastes à cette idée, ils montèrent dans sa chambre et y débutèrent un championnat. Les enfants, éblouis de voir tous les personnages et les arènes de combat débloqués, redoutaient de jouer contre Lucas. La partie se déroulait bien, les enfants s'amusaient. C'était au tour de Lucas d'affronter son adversaire, le terrible Kevin, un garçon plus âgé, méchant et moqueur, connu pour être la brute de l'école.

Lucas choisit son personnage favori, le conquistador Hernan Cortes, vêtu de son armure étincelante, défendant le cœur de sa bien-aimée Doña Maria, tandis que Kevin prit Marcus Attilius, un gladiateur romain se battant pour rembourser les dettes familiales.
Malheureusement, le duel ne dura que peu de temps pour voir le conquistador de Lucas se faire embrocher par le trident du gladiateur de Kevin.
Après ce terrible échec de Lucas, les autres enfants ayant moins peur de subir une humiliation voulurent eux aussi l'affronter.
Le pauvre petit enchaînait les défaites, cette situation le mettait dans une telle nervosité, qu'il n'arrivait plus à se concentrer. Du coup, ses échecs étaient encore plus rapides. Les plus grands, menés par Kevin commencèrent à se moquer de lui.

- Mais tu es nul ! Tu as triché pour débloquer les bonus de ton jeu !
- Tu ne sais même pas tenir une manette, va pleurer chez ta maman !
- Tu fais le malin avec ton jeu et tu ne sais même pas y jouer !

Le petit lâcha sa manette au sol et partit dans le salon se jeter dans les bras de sa maman. Le pauvre était en pleurs à cause des moqueries de Kevin et ses comparses.
Louise, sa maman, prit le temps de le calmer. Grâce à sa douceur, son amour et sa patience, elle sut trouver les mots et les gestes pour le réconforter et l'aider à terminer la journée tant bien que mal.
De son côté, Francesca avait assisté à toute la scène depuis la petite fenêtre de sa sandale. Furieuse, si elle

avait pu, elle aurait mis une sacrée dérouillée à ces vilains gamins, histoire de les remettre à leur place. Mais elle ne pouvait rien faire pour l'aider. Enfermée dans sa sandale, il était hors de question pour elle de se dévoiler, ne sachant ce qui lui arriverait si elle perdait sa vie éternelle. Mais surtout à cause de sa plus grande peur, subir le châtiment de Torquemada, celui qui lui était jadis réservé, le bûcher.

Pendant plusieurs semaines après son anniversaire, Francesca entendit les plaintes du petit garçon. Elles concernaient les moqueries incessantes qu'il recevait à l'école de la part de Kevin et sa bande. Le pauvre petit était tout le temps appelé « noob », un terme méchant pour désigner un très mauvais joueur.

Persévérant, Lucas continuait à jouer chaque soir. Il voulait sa revanche et ne plus être critiqué. Malheureusement, toutes les pressions subies à l'école ne l'aidaient pas à se concentrer et à comprendre le fonctionnement du jeu. Il finissait chaque nuit en pleurs, sans avoir pu améliorer ses techniques.

Francesca, voyant la situation, avait énormément de chagrin pour le garçon. Elle comprit, en voyant la détresse de Lucas, qu'elle était en grande partie responsable de cette situation. Elle n'aurait jamais dû jouer à sa place, mais au contraire le laisser apprendre à son rythme.

Elle retranscrivit dans un petit carnet, la liste complète des multiples coups de chaque personnage.

Elle allait prendre une décision qui bouleverserait sa vie à tout jamais. Cette fois-ci, elle était décidée, il fallait qu'elle répare ses torts. Lucas ne pouvait plus être le souffre-douleur de son école. Elle était prête à prendre tous les risques.

Un samedi durant la nuit, quand toute la famille dormait profondément, Francesca fit son apparition et s'approcha du lit du garçon. Elle posa sa main sur le front de Lucas tout en récitant la formule du grimoire. Lucas disparut aussitôt pour être envoyé dans la sandale d'or.

Elle retourna aussitôt dans sa semelle réveiller Lucas, qui dormait toujours profondément sur le lit de la fille de la sandale.

À son réveil, perdu dans ce lieu inconnu où tout était orange, les objets, les meubles, les murs, même les vitres semblaient teintées d'orange, Lucas fut pris d'une crise de panique. Mais Francesca le rassura aussitôt, telle la mère de Lucas, elle lui parla en douceur, le serrant affectueusement dans ses bras. Lucas reprit peu à peu ses esprits et noya Francesca d'interrogations.

- Où suis-je ? Qui es-tu ? Que veux-tu ? Où est ma maman ? Demanda-t-il.
- N'aie pas peur, Lucas, je suis Francesca, ton ange gardien. Je vis ici dans la sandale. Je vais tout te raconter. Dit-elle avec son petit accent hispanique.

La petite fille raconta toute son histoire, la poursuite avec les méchants gardes, le vieux grimoire, le sortilège subi, et les disparitions d'objets.

Elle prit Lucas par la main et l'amena devant la fenêtre de sa semelle-appart.

Les yeux de Lucas restèrent grand ouverts. Ébloui, il n'osait croire ce qu'il apercevait.

Depuis la petite fenêtre, il voyait toute sa chambre. Elle semblait infiniment grande. Tellement grande, qu'il en distinguait à peine le mur du fond.

- Tiens Lucas. Prends ce carnet, j'y ai écrit toutes les combinaisons de « God of Fighters », cela t'aidera à t'entraîner. Lucas, pour tout ce que tu entreprendras dans ta vie, il te faudra garder courage et volonté. Ne baisse jamais les bras devant tes échecs, donne toujours ton maximum pour atteindre ton but. Et le plus important, fais-le toujours avec ton cœur, tu ne dois jamais faire de mal pour y parvenir au risque d'y perdre ta bonté. Lui dit-elle en tendant le carnet.

Elle se dirigea vers une petite porte, celle qui lui permettait de sortir de sa sandale.
Elle donnait accès sur l'une des planches vitrées de l'étagère. Tout autour de lui, Lucas entrevoyait au travers des multiples étages de la vitrine, ses figurines à la taille surdimensionnée.

- Voilà, Lucas, maintenant retourne dormir dans ton lit. Demain, je reviendrai te voir à la nuit tombée. Je t'entraînerai et te montrerai comment jouer. Surtout, ne parle à personne de mon existence, sinon je disparaîtrais à jamais, expliqua-t-elle tout en s'approchant du bord.

D'un geste, elle le poussa dans le vide. Lançant un long cri d'effroi durant sa chute, Lucas cacha ses yeux avec ses mains. À présent, il ne voyait plus le sol se rapprocher de lui, mais les frottements violents de l'air sur son corps se faisaient toujours sentir. Quand tout à coup, plus rien, plus un son, plus un vent. Il retira

doucement les mains de son visage. Debout sur le sol de sa chambre, il avait retrouvé sa taille normale.
Il remonta dans son lit et s'endormit, le carnet serré dans ses bras.
Le lendemain, Lucas tint parole, il ne dit rien à ses parents sur son vécu de la nuit passée. Il commença à s'entraîner dans sa chambre à l'aide du carnet. Tout en envoyant de temps à autre un regard affectueux en direction de la sandale.
Durant de très nombreuses nuits, Francesca venait le chercher pour lui apprendre tout ce qu'elle connaissait du jeu. Les deux enfants étaient devenus très complices et s'amusaient énormément ensemble, Lucas devint ainsi, à force de travail, aussi redoutable que Francesca.
De temps à autre, il subissait encore une petite brimade à l'école, mais ça ne l'atteignait plus. Grâce à sa nouvelle amie extraordinaire, il savait maintenant ce qu'il valait vraiment. Francesca, elle, sentait son corps s'épuiser de plus en plus. La température dans la sandale augmentait de jour en jour. Elle savait très bien qu'elle avait enfreint la règle, maintenant elle devait en subir le prix.
Après plusieurs semaines d'entraînement à « God of Fighters », il lui était devenu impossible de ramener à nouveau Lucas à l'intérieur de sa sandale. Il y faisait beaucoup trop chaud pour un petit garçon. Dès lors, et cela malgré son épuisement physique dû à la chaleur étouffante de son habitat, elle venait, chaque nuit, raconter des histoires à Lucas l'aidant ainsi à s'endormir.
Le jour de son septième anniversaire, à la demande de Lucas lui-même, les mêmes enfants que l'an dernier étaient présents. Tout semblait identique à celui qui s'était mal fini.

Sauf que le tournoi fut sournoisement proposé par le terrible Kevin, qui se réjouissait déjà d'humilier à nouveau Lucas et en profiter ainsi pour jouer les fanfarons devant les autres.

- Alors, le noob, t'es prêt à reprendre ta raclée ? Allume ta console qu'on te mette la honte, dit-il à Lucas avec arrogance.

Lucas accepta le défi avec un petit sourire malicieux. Ils montèrent tous dans la chambre. Lucas alluma sa console.

- On fait la revanche Kevin, dit Lucas.

Kevin sélectionna alors son gladiateur au trident perçant, Marcus Attilius. Et bien entendu Lucas, reprit Hernan Cortez, le conquistador amoureux de sa Malinche.
Cette fois-ci, le duel se passa différemment. Kevin enchaînait coup après coup, mais aucun ne réussissait à atteindre sa cible, qui se protégeait avec une efficacité effroyable. Toutes les techniques connues par Kevin y passaient, des prises de projection en passant par des coups perçants, rien n'arrivait à briser la garde du conquistador de Lucas. Quand tout à coup, Lucas décida qu'il était temps d'attaquer, il fit comme premier mouvement, un rapide balayage au sol, ce qui projeta le gladiateur dans les airs. Dans cette posture durant une fraction de seconde, Marcus, le personnage de Kevin devenait entièrement vulnérable. Et c'est justement ce moment précis que choisit Lucas pour lancer le terrible enchaînement appris de Francesca. Il combinait ainsi pirouettes, coups de pied, de tête et de poings, avec en

final, l'épée scintillante venant transpercer avec élégance le cœur du pauvre gladiateur.

« Game over ».

Lucas fut vainqueur avec un splendide « perfect » qui laissa bouche bée tous les enfants présents. L'énervement avait changé de camp, Kevin fou de rage voulut se battre, encore et encore, mais Lucas enchaîna les victoires. Toujours sans égratignures, ses personnages étaient tous victorieux. Les amis proches de Lucas l'acclamèrent, heureux de voir la brute se faire aplatir. La bande à Kevin, elle, ne se moquait plus de Lucas à présent. Elle s'était retournée contre son meneur, Kevin. Lui, le terrible, venait de se faire battre par un petit de sept ans. Une honte pour la brute terrifiante qu'il était. Il perdit ainsi toute crédibilité, et fut à son tour le centre des moqueries. Ne supportant plus cette nouvelle situation, ce fut lui qui se mit à pleurer à chaudes larmes et partit précipitamment de la fête. Tous les autres enfants continuèrent à jouer ensemble dans la bonne humeur.

En fin d'après-midi, les enfants s'étaient installés devant un dessin animé, dans le salon, pour manger les gâteaux. Peu après, les parents commencèrent à venir au fur et à mesure récupérer leurs enfants.

Lucas tenait à remercier immédiatement Francesca, il profita de ce moment pour furtivement s'échapper du groupe et remonter dans sa chambre. Il courut vers son étagère, mais s'arrêta net devant celle-ci. Paralysé par l'effroi, ses yeux se remplirent de larmes. Un malheur

s'était abattu. La sandale n'était plus faite d'or, elle était à nouveau en paille. De la semelle se dégageait une forte odeur de fromage.
Lucas commença à chercher partout sur l'étagère. Puis, dans les moindres recoins de sa chambre. Mais rien, aucun signe de son amie Francesca. Il essaya de l'appeler, en vain.
Il prit la sandale et descendit en vitesse auprès de ses parents. Ceux-ci étant occupés avec les autres parents. Il se retourna alors vers Hector, son grand-père.
Paniqué, il lui montra la sandale et raconta tout en détail. De sa rencontre avec Francesca, à son apprentissage. Il lui expliqua que c'était elle qui prenait les objets dans la maison.
Hector, étant un vieil homme passionné par les mondes fantastiques, et voyant la sincérité dans les yeux de son petit-fils, le crut immédiatement. D'ailleurs pour lui, cette histoire expliquait bien toutes ces mystérieuses disparitions.
Ensemble, ils essayèrent d'en parler aux parents, mais eux n'y croyaient pas du tout. Malgré tous les faits énoncés et le soutien d'Hector, cette histoire était trop surréaliste pour que ses parents acceptent d'y croire.
Mais quand le dernier enfant fut parti, une petite voix timide se fit entendre :

- Holà la familia Bartholomé, Que tal ?

Derrière eux, dans le fond de la pièce, se tenant droite, le vieux grimoire serré dans les bras, la petite Espagnole à la peau pâle et aux cheveux rouges, Francesca, la fille de la sandale.

Le sort avait été rompu et son immortalité disparut avec lui. Non, elle n'était pas morte. Elle était tout simplement redevenue la petite fille d'antan.

Elle conta aux parents, durant plus de deux heures, l'entièreté de son parcours avant et pendant son aventure de la sandale d'or. Les parents du petit Lucas n'eurent d'autre choix que d'accepter la vérité.

C'est ainsi que Francesca fut adoptée par les Bartholomé. Ils lui apportèrent l'amour et la chaleur d'une famille, tout ce qui lui avait manqué durant ces siècles. Elle devint ainsi non seulement la complice de jeu de Lucas, mais également sa grande sœur.

Quant à la vieille sandale de paille, elle fut mise sous cloche et gardée bien précieusement dans la vitrine. Plus que jamais, elle était le symbole du courage et de la détermination des Bartholomé, et tout particulièrement, de Francesca Bartholomé.

La fabrique et le lion

Sur la planète Macita, tout n'était que roche et poussière. Néanmoins, cette planète brunâtre et asséchée ne fut pas toujours dans cet état. Il y eut un temps où ces terres arides étaient recouvertes de verdure. Il fut un temps, où les cratères qui aujourd'hui façonnent sa surface regorgeaient d'eau. Une époque où ce silence de mort n'existait pas, mais où dominaient à sa place, les sons de la vie. C'était un âge où Macita était gouvernée par un peuple d'humanoïdes, les Macitons.

L'histoire prit racine le jour où l'un de ces Macitons inventa une boisson sucrée dans la baignoire de sa salle de bain. Un soda gazeux qu'il appela le Toca-Loca. Cette boisson sucrée eut très vite un succès fou. Grâce à l'argent récolté, l'inventeur construisit une fabrique pour produire plus de Toca-Loca. De son temps, ce petit commerce faisait travailler une dizaine de personnes. Les années passèrent, et malheureusement, l'inventeur décéda sans héritier. C'est alors que des Macitons, beaucoup moins scrupuleux, prirent le contrôle de la petite fabrique. Elle allait être, dès lors, gérée par un comité restreint. Un comité composé de son président-directeur général et de ses dix actionnaires les plus fortunés. Ces gens n'étaient intéressés que par le profit et le pouvoir. Leur première action fut d'agrandir la fabrique. Et grâce aux nouveaux flux de production, le Toca-Loca se buvait désormais aux quatre coins du monde.

La fabrique devint une grosse entreprise, extrêmement puissante et influente. Des milliers de personnes travaillaient en son sein. Cependant, ce succès n'était pas satisfaisant pour les actionnaires. Avides de pouvoir et d'argent, il leur en fallait toujours plus. Donc pour ce faire, il était nécessaire de vendre plus. Qui disait vendre plus disait produire plus. Mais voilà, il y avait un hic. La création de ce soda nécessitait beaucoup d'eau, vraiment, vraiment, beaucoup d'eau. Qu'à cela ne tienne, les cyniques membres du comité eurent une idée de génie, une idée de génie machiavélique. Par le biais de la corruption, du chantage à l'emploi, de coups d'État et de bien d'autres tactiques plus vicieuses les unes que les autres, ils signèrent des contrats avec tous les pays de la planète Macita. Grâce à ses contrats, la fabrique Toca-Loca s'appropria toutes les nappes phréatiques du monde. Bien entendu, ces transactions avaient été tenues dans le plus grand des secrets, et donc, soigneusement cachées aux populations. Les presses et politiciens du monde avaient tout fait pour étouffer le scandale. Il faut dire qu'au passage, ils s'étaient bien fait remplir les poches. Mais quand même, malgré tous ces efforts, des rumeurs se répandirent et quelques détracteurs, traités de fous, sortirent du silence. Enfin bon, de toute façon, il était déjà beaucoup trop tard, la machine infernale était en route. Cette entreprise était une vraie multinationale, elle détenait le plus gros capital au monde, et tenait en ses mains tous les niveaux du pouvoir.

Durant des années, l'usine tourna à plein régime. L'eau potable s'amenuisait, si bien que cinq litres de Toca-Loca coûtaient moins cher qu'un litre d'eau. Les plus pauvres ne buvaient que du soda, et ce, au détriment de leur santé.

Mais le comité en voulait toujours plus. Alors, pour économiser sur sa production et augmenter ses bénéfices, ils modifièrent la recette. Les ingrédients naturels furent remplacés par une nocive mélasse de produits chimiques. Là où résidait leur exploit, c'était qu'ils réussirent à le faire sans altération du goût. Personne ne pouvait se rendre compte de cette malversation. Par la même occasion, ils augmentèrent la dose de sucre, car celui-ci rendait dépendant. Rendre la population accro au Toca-Loca était l'affaire du siècle pour gonfler les ventes.
Le plus triste était que cette fabrique ne risquait aucunes représailles. Bien au contraire, finançant elle-même les tests scientifiques de son produit, elle arriva à faire passer sa boisson pour produit salutaire.

Le temps était venu pour cette multinationale toute puissante, de passer à la dernière étape de sa croissance.

- Bonjour ! Mesdames et messieurs les actionnaires, je nous ai convoqués afin de vous faire part de mon nouveau projet. Un projet qui va vous ravir. De ça, j'en suis certain, car il nous rapportera, à nous tous ici réunis, un beau petit pactole, annonça le président de Toca-Loca.
- Oh, quelle délicieuse nouvelle ! Cela serait fantastique. Je viens d'acquérir une petite île exotique et ce petit bonus me permettra de débarrasser mon île de ces affreux autochtones qui y squattent, dit une des richissimes actionnaires tout en ricanant sournoisement.
- Mes amis, le monde nous appartient ! affirma le président en se déplaçant autour de la table.
- Chez Toca-Loca, rien n'est plus précieux pour nous… que nous-même ! dit-il. Le temps est venu de nous débarrasser d'un poids lourd pour nos finances. C'est pourquoi je vous propose un investissement dans la robotique. Pourquoi ? Me demanderez-vous !? Un robot ne prend pas de pauses ! Un robot ne demande pas de congés ! Un robot ne tombe pas malade ! Un robot ne se plaint pas, un robot ne dort pas et ne prend pas de pension ! s'écria-t-il en frappant la table de ses poings. Mais surtout et avant tout, chers amis, un robot ne reçoit pas de salaire. Séparons-nous enfin de cette main d'œuvre paresseuse et coûteuse et remplaçons-la par de fidèles et courageux robots. Et avec ces énormes économies, peut-être pourrions-nous… remplir nos poches bien sûr ! Ha ! Ha ! Ha ! s'esclaffa-t-il.

Les actionnaires acclamèrent leur président et votèrent à l'unanimité cette décision. Ils licencièrent leurs travailleurs et les remplacèrent par des machines. La fabrique ne serait, à l'avenir, plus jamais à l'arrêt.

Au fil du temps, l'espérance de vie humanoïde chuta. De nouvelles maladies dévastatrices avaient fait leur apparition. Cancers, diabètes et obésité morbide se propageaient de façon fulgurante. Seulement, l'entreprise ne nuisait pas qu'à la population. Pillée de toute son eau, la planète s'asséchait comme une pomme flétrie. La végétation ainsi que les animaux se raréfiaient. Les beaux paysages verdoyants se changeaient en d'affreuses terres arides. L'extinction de la vie sur Macita était déclenchée, et même l'approche de la fin du monde ne pouvait stopper l'ambition de cette fabrique infernale.

Il n'aura fallu qu'un siècle pour que les humanoïdes ne soient plus qu'un souvenir. Tout comme les autres espèces, ils avaient été effacés du tableau. Quant à la fabrique, grâce aux robots, elle fonctionnait toujours. Travaillant sans relâche, ils maintenaient son processus de destruction. C'est ainsi que sur Macita, toute vie disparut.

Toute vie ? Vraiment ?

Et bien non ! Un lion échappa à son extinction. Il errait sur la surface d'une planète inhabitée. Certes, il n'avait pas fière allure, mais il respirait. Il était maigre comme un clou et dépourvu de crinière. Sa vision était trouble et il traînait la patte arrière comme un vieux boiteux. Il titubait dans les vallées désertiques de Macita à la recherche d'eau potable. Cet animal, incroyablement résistant, avait survécu en se nourrissant d'os et de moelle.

Lors d'un de ses déplacements, celui que l'on surnommait jadis le roi des animaux arriva près d'un gros cratère. Ce dernier mesurait plus d'un kilomètre de diamètre. Il fut une époque où ce trou regorgeait d'eau. De l'autre côté de ce cratère, caché sous un ciel nuageux, une ville se profilait. Le félin affamé se mit en route sans tarder. C'était l'occasion pour lui de dénicher quelques vieux os de Macitons. En se rapprochant, il comprit d'où provenaient ces nuages sombres. Une fumée noire malodorante s'échappait d'une haute cheminée.
Comment était-ce possible, n'était-il pas seul ? Mais que pouvait bien cacher cet étrange phénomène ?

Toutes ces années à explorer le monde sans jamais avoir rien vu de semblable. Et pourtant, cette fumée était bien réelle. Elle ne pouvait être que le fruit de quelqu'un, ou de quelque chose.
Peut-être y avait-il d'autres survivants ? Peut-être y trouverait-il enfin de l'eau ? Ou peut-être n'était-ce rien, juste un faux espoir ?
Bref, le seul moyen de le savoir était de s'y rendre.

Lorsqu'il fut assez proche pour le percevoir avec sa mauvaise vue, une monstrueuse construction se dévoila. Ce n'était pas une ville. Le lion faisait face à la plus puissante des fabriques, la fabrique de Toca-Loca. C'était une première pour ce félin boiteux. Jamais il n'avait vu aussi grande bâtisse. Elle faisait la taille d'une métropole et était entourée d'un mur tout aussi démesuré. La cheminée à la fumée noire se trouvait entre ces murs. Il fallait donc trouver l'entrée.

Le lion traîna la patte tout autour du mur, et au bout d'un moment, tomba sur une double porte. Elle mesurait trente mètres de haut sur douze de large. Elle pesait plusieurs dizaines de tonnes, et était entièrement faite d'acier trempé. Elle ne possédait aucune serrure, aucune faille. Devant une telle structure de métal, il ne pouvait être que désabusé. Cet obstacle était infranchissable, et c'est au moment où il s'apprêtait à faire demi-tour que les deux portes s'ouvrirent. Le fauve pénétra dans l'enceinte de la fabrique, et les portes de Titan se refermèrent derrière lui.

Le lion se trouvait sur un vaste parking. Un parking recouvert d'une montagne de caisses. À travers cette montagne, un petit passage étroit se dégageait. Ce chemin menait à la monstrueuse bâtisse. Le lion l'emprunta et entra dans le hangar de l'usine Toca-Loca. Tout autour de lui, une multitude de petits robots s'agitaient dans tous les sens. Ils empaquetaient les bouteilles de soda, et les posaient sur le parking. Comme il n'y avait plus de Macitons pour effectuer les livraisons, les caisses s'accumulaient et s'entassaient les unes sur les autres.

Au bout du hangar, le félin poussa une porte battante, et entra dans une salle remplie de grosses cuves liées à d'épais tuyaux. Cet endroit était une salle de fabrication où des robots mélangeaient la mélasse chimique à de l'eau. Ils tournaient des vannes, transportaient des bidons de mélasse et les déversaient dans les cuves. Pendant ce temps, d'autres, à l'aide de grosses cuillères métalliques, touillaient la mixture.

Toute la tuyauterie se rejoignait au centre de la pièce, et la traversait, jusqu'au fond où elle disparaissait dans un mur. Sur la droite de ce mur, juste à côté de la tuyauterie, se trouvait un sas hermétiquement fermé. Sur la porte de celui-ci se trouvait un bouton estampillé Toca-Loca. Le lion appuya dessus et la porte s'ouvrit. Il entra et s'arrêta au milieu du sas. La porte se referma, et dans le bas des murs latéraux, apparurent de petites ouvertures. De ces petits trous, sortirent de mini robots qui, dans leurs mini mains, tenaient de mini brosses. Tous s'approchèrent du fauve poussiéreux et le frottèrent énergiquement. Une fois le lion décrassé, les mini robots retournèrent dans leurs mini casernes, et la deuxième porte s'ouvrit.

Le félin tout propre et tout brillant se retrouva dans une pièce enfumée. Une odeur pestilentielle venait agresser ses naseaux. Il avait beau essayer de se couvrir le museau avec la patte, rien n'y faisait, ce fumet était bien tenace. Par chance pour lui, son estomac était vide, et donc, n'avait rien à régurgiter. La tuyauterie des cuves traversait également cette salle. C'était une cuisine où travaillaient des robots au ventre bien rond. Ceux-ci portaient des masques de protection sur le visage, et de hautes toques blanches sur la tête. Ces androïdes cuistots suivaient une recette projetée sur un tableau. Ils remplissaient de produits chimiques de grosses marmites en fonte. Ils faisaient mijoter le tout pour obtenir un sirop visqueux et brunâtre. Cette mélasse était celle du Toca-Loca. Afin de la conserver, ils la transvasaient dans des fûts métalliques bleus. Cette pièce était sans plafond, elle était construite à même la cheminée de l'usine. La fumée noire qu'avait vue le lion de l'extérieure provenait d'ici même. Soudain, un fracas retint l'attention du félin. Un des fûts venait d'être renversé par un robot maladroit. La mélasse du soda se déversait sur ses pieds. Sous l'effet corrosif du produit, le pauvre robot n'eut aucune chance. Il fondit en un instant, dans l'indifférence la plus totale de ses congénères. Le fauve se concentra à nouveau sur la tuyauterie, et c'est accompagné de ses nombreuses éructations, qu'il poursuivit son odyssée. Il arriva à un nouveau sas qu'il emprunta. Il se refit brosser par des mini robots avant de ressortir de l'autre côté.

Ce nouveau lieu était un vaste dôme en béton. En y pénétrant, le félin boiteux se figea. Immobile, la larme à l'œil, il contemplait l'impossible. Face à lui, de l'eau, une étendue d'eau à perte de vue. Il sauta et se roula dedans. Pour la première fois de son existence, il but de ce précieux liquide. Cette eau était fraîche, elle était propre, elle était savoureuse, elle était, tout simplement parfaite.
Mais quel était ce miracle ? D'où provenait cette eau ? Quel était cet endroit mystérieux ?
Le fauve se roula une dernière fois, puis observa les alentours. Le dôme était gargantuesque, et ses limites, imperceptibles. Seul le toit situé à deux cents mètres au-dessus de sa tête lui indiquait être dans une nouvelle pièce de la fabrique Toca-Loca.
Tout autour de lui, silencieuse telle une mer endormie, de l'eau à perte de vue. Le lion recommença à s'abreuver. À chaque lampée, son corps reprenait des

forces. Ses muscles se renforçaient et une belle crinière poussait autour de son col. L'animal retrouva toutes ses facultés. À nouveau fort et athlétique, le lion rugit avec élégance afin de prévenir le monde de sa résurrection. Son rugissement fut si puissant qu'un tsunami se forma devant lui. Son titre n'était plus usurpé, le roi était de retour.

À côté du sas se trouvait un monte-charge. Il avait été conçu pour élever une bonne douzaine de semi-remorques. Cet élévateur menait au toit. Le lion grimpa dans le monte-charge, appuya sur l'interrupteur Toca-Loca et commença son ascension. Ce toit n'en était pas un, il s'agissait en réalité du second niveau du dôme qui abritait une serre. Ici aussi, les limites étaient imperceptibles. Le lion sentait de ses pattes une étrange texture, moelleuse, légèrement humide et de couleur verte : il découvrait l'herbe d'un pré. Face à lui, au centre de la serre, se trouvait un long, un très long tapis mécanique. Il monta dessus, et ce dernier s'enclencha automatiquement. Le roi des animaux, transbahuté par le tapis, entama sa traversée.

En observant les environs, il allait de surprise en surprise. Dans ces lieux, la végétation avait repris ses droits. Arbres et fleurs parfumaient les quatre coins de cette serre. Mais ce qui le désorienta le plus, ce n'était ni les champs ni les forêts. Non, loin de là. Ce qui le désorienta indubitablement, c'étaient toutes ces clôtures et bassins qui cloîtraient la vie. Mammifères, amphibiens, oiseaux, poissons, crocodiliens ou encore mollusques et insectes, tous y étaient présents. Certains d'entre eux, les plus dangereux comme les ours, les rhinocéros ou encore les loups, étaient emprisonnés dans de solides cages. Mais le lion ne vit aucun de ses congénères. Le pauvre semblait bien être le dernier de son espèce.

En fin de tapis, une porte dorée s'ouvrit devant lui. Cette porte conduisait à une petite cour et à un nouvel édifice. Un bâtiment haut de vingt-cinq étages, dont on pouvait lire sur la façade la marque Toca-Loca écrite en lettres d'or. Le félin entra et se faufila à travers les bureaux pour rejoindre les escaliers. Il n'y avait aucun doute, il s'agissait bien du bâtiment administratif. Dans ces locaux, une forte odeur d'humidité flottait dans l'air. La moisissure attaquait les murs dont le plâtre s'effritait. Les poubelles étaient renversées, les dossiers entrouverts et les feuilles éparpillées un peu partout. Ce bâtiment semblait totalement abandonné. Le lion visita chaque étage dont l'ambiance ne changeait point, capharnaüm et immondices y régnaient en maîtres. C'est au vingt-quatrième niveau que des voix de se firent entendre. Elles provenaient de l'étage supérieur, le dernier étage de l'immeuble. Alerte, le roi des animaux monta la dernière rampe d'escalier avec prudence.

L'entrée du vingt-cinquième étage donnait en plein sur une cuisine. À ce niveau, tout était propre, tout était en parfait état. Une délectable odeur de viande cuite titillait les narines et alléchait les papilles gustatives du lion. Une casserole contenant du ragoût de gazelle mijotait sur le feu. Derrière la cuisine, une porte vitrée et teintée donnait accès à une grande salle de réunion. D'après l'écriteau situé au-dessus, il s'agissait de la salle de présidence. Les voix provenaient de derrière cette porte, et très vite, se changèrent en rires machiavéliques. Ces rires empestaient la cruauté et le mépris. Ce son était insupportable à l'ouïe du lion. Le roi des animaux prit son élan et sauta à travers la porte vitrée qui vola en éclats. Les dirigeants de Toca-Loca étaient tous réunis. Ces Macitons et Macitonnes, descendants du comité originel, riaient et festoyaient comme si de rien n'était. Seuls humanoïdes survivants, ils célébraient un monde qui était leur. Ils sabraient le champagne en l'honneur de leurs ancêtres qui réussirent à déposséder Macita de tous ses biens. Les murs de cette salle de réunion étaient recouverts de trophées. Des trophées qui n'étaient autres que les bustes de lions. Lorsque l'animal fit son entrée fracassante, les rires se turent, et les regards se figèrent sur lui.

- Ah ! Regardez-moi ce gros minou, il a dû s'égarer. Tu t'es perdu mon gros chaton ? Tu veux rejoindre tes petits copains sur notre mur ? Minou-minou, se moquait le nouveau président.

Les autres, descendants d'actionnaires, commencèrent à ricaner bêtement. Tous ridiculisaient le lion en le pointant du doigt. Le cœur de ces gens-là semblait avoir été vidé de toute substance. Ils étaient cruels et sans pitié.

- Minou-minou ! Miaou ! Miaou ! n'arrêtaient-ils pas de crier.

Le lion à l'allure d'un roi sauta sur la table, et sous les rires moqueurs, s'avança. Il observait, un à un, chacun des Macitons présents. Au milieu de la table, il s'arrêta et fixa le président. Le lion se faisait plus menaçant. Il fronçait ses sourcils et montrait ses crocs affûtés. Le président se sentant en danger recula prudemment.

Derrière lui, juste sous un trophée, se trouvait sur un présentoir en acajou, la carabine en or de son arrière-grand-père. Il tendit subrepticement son bras en arrière, et attrapa la carabine. Il l'arma et visa, mais le lion rugit aussitôt. Le puissant souffle éjecta le président contre le mur qui lâcha son arme. Ce dernier s'étala au sol, entraînant la chute des trophées, qui tombèrent tout autour de lui. Pendant ce temps, les autres Macitons entrèrent en panique. Tous tentèrent de fuir. Mais vu leur individualisme, ils ne firent que de se bousculer et se marcher les uns sur les autres. Ils bloquèrent ainsi la sortie, et étaient tous pris au piège.

Le président tenta de se redresser et de récupérer son arme, mais le lion, bien plus vif, lui sauta à la gorge. Le Président valdingua à plusieurs reprises avant de finir en bifteck. Le lion se lécha les babines, et marcha à son aise vers les autres descendants terrorisés. Le savoureux festin royal était servi.

C'est la peau du ventre bien tendue, que le majestueux lion ressortit du bâtiment. L'heure de délivrer les animaux était venue. Il se rendit dans la serre et s'occupa en premier de l'enclos des éléphants. D'un fougueux coup de patte, il les libéra et sollicita leur aide pour les cages les plus coriaces. Le lion sillonna la serre et libéra chaque espèce de sa prison. Au fur et à mesure, une véritable armée se forma à ses côtés.

Au centre de la serre, dans la zone des bassins aquatiques, se trouvait une vanne assez imposante. Le fauve avait beau la triturer dans tous les sens, elle ne bougeait pas d'un millimètre. Elle était soudée par l'oxydation. Les gorilles bien charpentés prirent l'initiative d'aider leur libérateur. Ils attrapèrent la vanne de leurs grosses paluches poilues et poussèrent de toute leur force. Grâce à toute leur énergie, cette fichue vanne finit par se débloquer. Dans le fond des bassins, des trappes s'ouvrirent, et le contenu de ceux-ci se déversa dans la mer du niveau inférieur. Toute la faune marine se trouvait dès à présent dans la grande réserve d'eau. Lorsque tous les bassins furent vidés, un maelstrom se forma au centre de la mer. En tournant la vanne, les gorilles avaient tiré la chasse d'eau. L'énorme réserve d'eau se rependit dans les nappes phréatiques. Les cratères asséchés se remplirent à nouveau d'eau et de poissons, et les premières pousses firent leur apparition aux abords.

Avant de tous emprunter le monte-charge, le lion aidé de ses nouveaux compagnons libéra les derniers prisonniers. L'armée bestiale, réunie devant l'entrée du sas, attendait l'ordre de son roi. Ce dernier marcha entre ses rangs et motiva ses troupes avant l'assaut final. Le roi des animaux lança d'un éclatant rugissement le départ de la charge. Rhinocéros, buffles et taureaux se trouvaient en tête de cortège. Leur rôle étant d'ouvrir le passage, ils brisèrent les portes et enfoncèrent les murs. L'armée bestiale chargea à travers l'usine, détruisant tout sur son passage. Pas même un mini robot n'y résista.

Arrivés dans le parking, tous en cœur poussèrent la double-porte blindée. Sous la pression de leur masse, les charnières de celle-ci finirent par se tordre. Les immenses portes se détachèrent et s'écrasèrent au sol.

Les animaux, enfin libres, se dispersèrent sur toute la planète. Le lion s'éloigna, et la fabrique s'effondra.

Après des millénaires, les cicatrices dues à Toca-Loca s'étaient effacées.
Le temps avait donné à la vie la chance de reprendre ses droits. Sur Macita, la végétation était dense, et les espèces nombreuses à y vivre en paix.

Et pour la première fois, depuis l'ère du roi des animaux, caché au fin fond d'une petite grotte, une femelle primate venait de mettre au monde un petit être dépourvu de poils.

Akumi

Cette histoire débuta dans une forêt tropophile, en Territoire du Nord sur l'île d'Australie. Sur une épaisse branche touffue d'un eucalyptus haut de septante-trois mètres, le sept septembre mille huit cent septante-cinq, naquit un petit koala. Ce jeune koala possédait un cœur dépourvu du moindre sentiment négatif et possédait un don très particulier qui plus tard allait changer sa destinée. Il eut une enfance très heureuse jusqu'à ses 18 mois, entouré par l'amour de ses parents et celui de son clan. Un jour, il se promena dans la forêt d'eucalyptus, en compagnie de son papa. Ils admiraient tous deux la beauté de la nature quand ils entendirent au loin des bruits de chevaux et de roulottes. C'était une troupe itinérante, le fabuleux cirque Balda. Dans le monde des hommes, ils étaient très célèbres. Ils

passaient de ville en ville à travers le pays pour gagner de quoi vivre. Ils avaient pour habitude d'installer leur chapiteau à l'entrée des villes. Ils y effectuaient leurs représentations jusqu'à ce que le succès s'essouffle. Ensuite, ils repartaient sur la route vers une autre destination. Ce jour-là, leur convoi fit une halte aux abords de la forêt d'eucalyptus. Ils s'y arrêtèrent pour la nuit afin de permettre aux chevaux de se reposer.
Pour le monde animal, les humains étaient le pire de tous les dangers. Le papa koala attrapa rapidement son petit pour aller se réfugier dans les hauteurs d'un arbre touffu. Silencieusement, ils y attendirent le départ des dangereux intrus. Mais le père qui était trop concentré sur les humains ne remarqua pas l'autre menace. Sur la branche juste au-dessus d'eux, un chat sauvage était caché parmi les feuilles. L'énorme chat, se léchant les babines, s'apprêtait à bondir. Il s'élança et tomba de tout son poids sur le père. Sous la force de l'impact, le petit koala en fut éjecté et chuta de branche en branche jusqu'au sol.
Jason Balda, le fils des propriétaires du cirque, était un très gentil garçon âgé de dix ans. Il jouait dans les parages quand il fut alerté par le bruit provoqué par la chute du koala. Cet enfant qui était très curieux de nature s'empressa d'aller voir la cause de tout ce vacarme. Il y trouva le koala inconscient, étendu au pied de l'arbre. Attendri par cette pauvre petite boule de poils en détresse, Jason le ramassa délicatement. Le tenant fermement contre sa poitrine, il l'amena dans sa roulotte. Il s'empressa de panser ses petites blessures avant de l'allonger sur un coussin dans le fond d'une grande cage. Ceci fait, Jason alla chercher sa maman et lui raconta toute son histoire. Il en profita pour lui demander

l'autorisation de garder le petit animal. Mary Balda, la mère de Jason, était également la vétérinaire du cirque. Elle s'entretint quelques minutes avec Gregory, son époux, avant de donner une réponse à leur fils. Ils acceptèrent la requête de Jason, à l'unique condition qu'il s'en occupe lui-même. La mère renvoya son fils dans la forêt pour récolter des feuilles d'eucalyptus afin de nourrir son nouveau compagnon. Mary en profita pour ausculter plus en détail le petit koala toujours inconscient. Elle remarqua alors qu'il s'agissait d'une petite femelle. Son état de santé était très bon, malgré de petites lésions dues à la chute. Elle était en pleine forme, aucune séquelle grave. Après que Jason eut fini de stocker plusieurs kilos de feuilles d'eucalyptus, Mary eut une conversation avec lui.

- Mon chéri, j'ai vu l'animal, c'est une petite fille, dit-elle. Elle va très bien, mais je te préviens, tu devras en prendre grand soin, car elle est très jeune et donc encore très fragile.
- D'accord maman, tu peux compter sur moi, je lui donnerai toute mon attention.
- Au fait, il faudrait que tu lui trouves un nom, on ne va pas l'appeler tout le temps le petit koala. As-tu une idée ?
- AKUMI ! Ce sera Akumi, répondit l'enfant avec enthousiasme.

C'est ainsi que pour la première fois de sa courte vie, Akumi fut séparée des siens et débuta son long voyage vers l'inconnu.
Le cirque se dirigeait vers Townsville, une nouvelle ville en pleine expansion, située sur la côte nord-est du

continent. La charrette publicitaire, en tête de cortège, était suivie de la roulotte des Balda. Toutes deux rythmaient l'allure du convoi composé d'une quinzaine de roulottes. Akumi commença doucement à se réveiller. Ses petits yeux tout ronds s'ouvrirent lentement. Au premier regard, elle vit l'énorme visage souriant du jeune Jason surexcité. Elle se releva, se mit debout sur ses deux petites pattes arrière, et s'avança vers le jeune garçon. Elle posa délicatement ses petites pattes antérieures sur les barreaux de la cage. Puis, poussa et tira de toutes ses forces sur la porte, essayant en vain de se libérer de sa cage. En panique et désorientée, Akumi se sentait complètement perdue. Sa seule envie, à ce moment précis, était d'être auprès de ses parents. Mais forcée de constater son impuissance, elle se résigna très vite. Après avoir repris son calme, elle se rappela de sa chute et remarqua alors les quelques bandages sur son corps. Elle comprit alors qu'elle avait été soignée par ces humains et qu'ils ne lui feraient probablement aucun mal. Akumi souhaitait de tout son cœur communiquer avec eux. Pour retourner dans son habitat, auprès de sa famille, elle devait retrouver sa liberté. À plusieurs reprises, elle tenta par de petits cris d'entrer en contact avec Jason. Mais ni l'un ni l'autre n'arrivaient à se comprendre. Sans perdre l'espoir d'entrer en contact, elle décida de s'asseoir sagement sur son petit coussin mauve et se mit à tout observer autour d'elle. Elle écouta avec attention chacune des paroles prononcées dans la roulotte. Chaque soir avant de se coucher, Jason venait lui chanter une berceuse. Elle profitait de ce moment pour regarder avec attention la manière dont il faisait bouger se lèvres pour parler. Elle essaya à son tour de reproduire ces mouvements et d'émettre les sons. Son désir de communiquer devenait presque une obsession. Allant jusqu'à en rêver la nuit, elle ne pensait plus qu'à apprendre. Et un beau jour, l'impensable arriva. Elle découvrit son don très particulier, elle parlait l'humain.

- Bonjour Jason, dit-elle.

Le petit garçon se mit à tourner sur lui-même, cherchant dans tous les sens cette petite voix qu'il venait d'entendre.

- C'est moi, Akumi, regarde la cage.

Jason se retourna et se figea instantanément, les yeux écarquillés face à la cage. La petite Akumi lui faisait des salutations de la main. Son petit sourire et ses yeux légèrement plissés lui donnaient un air de Maneki Neko, le traditionnel chat porte-bonheur du Japon.
Stupéfait, Jason répondit d'un léger gémissement accompagné d'un timide signe de la main. Puis, rapidement, s'empressa d'appeler ses parents.

- PAPA ! MAMAN ! Venez vite, Akumi parle. Maman viens voir ! cria Jason à travers toute la roulotte.

Les parents étaient assis à l'avant de la roulotte. Le père, tenant fermement les rênes, conduisait l'attelage. Mary se trouvant à ses côtés lui tenait compagnie. Gregory demanda à son épouse d'aller voir leur fils à l'arrière. Au début, Mary crut à une farce, mais le petit koala entama directement la conversation.

- Bonjour, Mary, comment vas-tu ?
- Quoi qu'est-ce… mais… comment c'est possible ! Tu me comprends ? Comment peux-tu parler ? demanda Mary toute chamboulée.
- Je ne sais pas, je vous ai simplement observés. Mary, que s'est-il passé, que fais-je ici ?
- Et bien, Jason t'a trouvée dans la forêt d'eucalyptus. Tu étais inconsciente et blessée. Il t'a ramenée ici pour te soigner. Nous avons dû reprendre la route, car nous devons gagner de quoi vivre. Nous avons beaucoup de familles sous notre responsabilité. Nous sommes propriétaires du cirque ambulant Balda, répondit Mary qui se remettait peu à peu de ses émotions.
- Gagner votre vie ? Un cirque ? Qu'est-ce que c'est ? Je ne comprends pas pourquoi vous devez gagner votre vie. Peux-tu m'expliquer s'il te plaît Mary ?

Face à tant de questions, la douce mère prit le temps de tout expliquer à Akumi. Mary savait que leurs deux mondes étaient totalement différents. Elle lui raconta donc, en détail, le mode de vie des êtres humains. Elle expliqua également le monde artistique, et comment ils vivaient au sein de cette troupe de saltimbanques.

- Merci Mary, pour toutes tes explications. Quelle vie bien étrange et compliquée vous vous êtes créée. Enfin, maintenant il faut que je rentre chez moi. Ma famille et mon clan doivent s'inquiéter. Puis-je vous demander une faveur ? Pouvez-vous me ramener ? demanda timidement Akumi.

- Je dois être honnête avec toi. Nous sommes presque arrivés à Townsville. Nous devrions y rester pour un mois avant de pouvoir repartir. Malheureusement, nous n'avons plus assez de vivres pour faire demi-tour tout de suite. Mais, je peux te proposer un marché.
- Je t'écoute Mary, dis-moi.
- Si tu es d'accord, je te propose de faire partie de notre troupe. Tu auras ton propre spectacle, tu pourrais parler avec Jason. Tu pourrais également en profiter pour apprendre tout ce que tu souhaites sur le monde qui t'entoure. De plus, grâce à toi, nous aurons un grand succès et nous pourrons repartir bien plus vite. En échange, nous prendrons soin de toi et nous te promettons de te ramener dès notre retour. Qu'en penses-tu ? demanda Mary.

Akumi prit quelques instants pour réfléchir. Elle ne pouvait en aucun cas rentrer toute seule. Faire ce voyage à pied, avec les dingos qui rôdaient dans les plaines désertiques du pays, c'était évidemment beaucoup trop dangereux. Ces chiens sauvages étaient cruels et sans pitié, le prédateur le plus redouté des koalas. Et si elle décidait de rester, elle pourrait apprendre beaucoup de choses des humains. Des choses utiles pour la sécurité et le bien-être de son clan. Après de mûres réflexions, Akumi prit sa décision.

- D'accord, j'accepte ta proposition, en route pour une merveilleuse aventure, dit-elle emplie de joie.
- Splendide ! Bienvenue dans la troupe Balda ! s'écria le petit Jason.

Durant la fin du voyage, Jason s'amusait avec Akumi, pendant que la mère préparait l'affiche du nouveau spectacle phare du cirque Balda :

« Akumi, le koala qui murmure à l'oreille des humains »

Arrivée aux abords de la Ville, proche de l'entrée principale, la troupe s'installa pour monter son chapiteau. Cette année-là, le succès fut très vite au rendez-vous, les gens venaient de tout le pays uniquement pour voir ce petit animal parler. C'est ainsi que chaque soir, les vedettes phares, Akumi et le petit Jason faisaient leur entrée sous l'ovation du public. Sur scène, ils commençaient par saluer les spectateurs et les remercier de leur présence. Ils enchaînaient par une conversation autour d'un feu de camp. Chaque soir était unique. Les deux complices pouvaient discuter de tout et de rien. Quoi qu'ils se disaient, les gens étaient toujours ravis. L'unique désir de ce public était d'écouter le petit koala prononcer la langue des humains. Tout se passait à merveille, le cirque faisait fortune. Toute la troupe était comme sur un nuage.

Un soir, un évènement original se déroula. Après l'un de leurs spectacles, un homme, vêtu d'un costume trois-pièces noir, frappa à la porte de la roulotte des Balda.

- Bonjour, je me présente, je me nomme Okura Shinji, je suis l'ambassadeur du Japon posté ici en Australie. Veuillez pardonner mon intrusion, mais je souhaiterais acquérir votre petit koala. Votre prix sera le mien, dites-moi un chiffre et je le doublerai, dit-il d'un ton sûr de lui.

Il expliqua que son souhait était d'amener le koala au Japon et de l'offrir à l'empereur Meiji. Il espérait de cette manière obtenir certaines faveurs bien précieuses. Shinji Okura précisa notamment qu'Akumi ne manquerait de rien et que sa vie serait bien plus heureuse. Mais malheureusement pour lui, le cirque faisait déjà fortune et les Balda considéraient Akumi comme un membre à part entière de la famille. Ils rejetèrent donc fermement la proposition du diplomate. Gregory, légèrement agacé par la prétention de l'homme, lui fit remarquer qu'il parlait d'un être vivant, et non pas d'un objet. Ensuite, il lui claqua la porte au nez. L'ambassadeur se sentit humilié par ce refus et repartit en marmonnant des mots dans un japonais incompréhensible.

Une semaine après cette visite étrange, un incendie se déclencha sous le chapiteau. Les flammes se propagèrent très rapidement jusqu'aux roulottes. Les décors, le matériel, les costumes, absolument tout fut ravagé par le feu. La recette des spectacles, récoltée durant toutes ces semaines, partit en fumée, et ce, en à peine quelques minutes. Toute la troupe était totalement anéantie par ce terrible drame. Une fois l'incendie maîtrisé, chacun des membres du cirque errait parmi les débris encore fumants. Tous à la recherche du moindre souvenir ayant survécu aux flammes. Non seulement les Balda avaient perdu le cirque, mais en plus, ils n'avaient plus d'argent pour le reconstruire. C'est alors que Shinji Okura, l'ambassadeur japonais refit son apparition. Il profita de cette nouvelle situation pour refaire une offre à la famille. Mais cette fois-ci, il se trouvait en position de force. Malgré tout, il proposa une somme assez confortable, un montant généreux qui permettrait au cirque d'être entièrement reconstruit. Mais Gregory et Mary avaient donné leur parole à Akumi. Ils avaient promis de la ramener dans son foyer. Ils se trouvaient donc dans une posture bien délicate. Ils étaient tiraillés entre le sort d'Akumi et celui du reste de la troupe. C'est alors que la petite koala s'interposa et prit elle-même la décision d'accepter la proposition de Shinji Okura. Pour elle, le choix était déjà fait, il lui était impossible de voir souffrir plus longtemps toutes ces personnes qui l'avaient si gentiment recueillie. En particulier Jason, Mary et Gregory Balda, eux qui l'avaient soignée et traitée comme un membre à part entière de la famille. Elle ne pouvait tolérer cela en sachant que son sacrifice pouvait tout résoudre. Le diplomate laissa un jour au koala pour faire ses adieux et se préparer pour son nouveau voyage. C'est ainsi qu'Akumi traversa les eaux turbulentes pour rejoindre cette nouvelle terre appelée, Japon.

Durant les quatorze jours de traversée en voilier, Akumi et Shinji eurent de longues conversations. Lors d'une d'entre-elles, Akumi le questionna sur ce Nouveau Monde qui l'attendait. L'ambassadeur lui apprit certains us et coutumes de son pays, mais se focalisa surtout sur les tensions qui régnaient actuellement dans son pays. Il lui expliqua que l'empereur Meiji venait de retirer le pouvoir des mains du shogun. Jadis, le shogun contrôlait le pays et faisait régner la terreur. Shinji rassura Akumi en lui disant que cette époque sanglante était sur le déclin, mais qu'il persistait encore des conflits. En particulier entre les partisans de l'empereur et les rebelles, anciens disciples du shogun.

- Tu vois Akumi, si je retourne là-bas, c'est pour faire allégeance à l'empereur. Au début de ma carrière, j'ai été nommé par le shogun. Tu dois savoir qu'à l'époque, le shogun était une sorte de général suprême. Il prenait toutes les décisions importantes du pays. Mais maintenant, il a été destitué, et il est primordial d'entrer dans les bonnes faveurs de l'empereur et de lui prouver ma fidélité, lui dit-il.
- Oui, mais moi, qu'est-ce que j'ai à voir avec tout ça ? demanda Akumi.
- Si l'empereur n'accepte pas mon allégeance, s'il me rejette, ce sera la fin non seulement pour moi, mais également pour toute ma famille. Il me considérera comme un danger, et dans mon pays, quand nous avons un problème, nous l'éliminons assez rapidement. C'est pour cela que j'ai besoin de toi, mon destin est entre tes mains. Tu es exceptionnelle dans ce monde, t'offrir à l'empereur sauvera ma famille, répondit-il d'un ton ému.
- J'entends bien, mais moi aussi j'aimerais bien retourner chez moi pour être auprès de ma famille, répondit Akumi.
- Je sais que je te demande un grand sacrifice, mais si tu t'y prends bien avec l'empereur, il saura te récompenser. Il pourrait te laisser rentrer auprès des tiens et protéger ton habitat.
- D'accord Shinji, ce n'est pas très rassurant tout ça. Mais ne t'inquiète pas pour ta famille. Allons rendre visite à ton empereur.

Ils poursuivirent ainsi leur route vers le Japon, en profitant du magnifique paysage que la nature leur offrait. Le grand voilier enfin arrivé s'amarra dans le port de Tokyo. Debout sur le quai, telles des statues d'argiles, trois émissaires de l'empereur accompagnés de six soldats attendaient le diplomate. Ces émissaires avaient été mandatés par l'empereur afin de l'emmener en toute sécurité jusqu'au palais impérial. Sur la route, Shinji rappela à Akumi l'importance de cette entrevue et les enjeux qui en découleraient. Il insista en particulier sur quelques démarches à suivre face à l'Empereur Meiji.

- Soumission, respect et obéissance, rappelle-toi ces trois mots Akumi, ils te serviront d'aide-mémoire. Il est très important de toujours suivre ces règles avec l'empereur. La soumission : au premier contact avec Meiji, il faudra t'agenouiller et baisser la tête de manière à toucher le sol avec le front. Tu ne devras pas bouger tant qu'il ne t'aura pas donné la permission. Le respect : ne jamais prendre la parole. Il faut attendre qu'il te la donne. Toujours s'incliner après avoir communiqué avec l'empereur, et n'oublie jamais les formules de politesse accompagnées de son titre. L'obéissance : il faudra toujours accepter ses demandes et répondre à ses exigences, quoi qu'il en coûte. Le refus sera pire que tout, lui chuchota-t-il discrètement.

À l'approche du palais, la panique pouvait se lire sur le visage de l'ambassadeur Okura. Arrivé dans la cour du palais, un des membres de la garde personnelle de Meiji s'approcha de Shinji. Il le pria de laisser l'animal et d'entrer dans le palais en compagnie de la délégation. L'ambassadeur s'exécuta aussitôt. Il fit ses adieux à Akumi, puis disparut derrière la porte. Akumi fut emmenée dans les jardins privés où se trouvait un petit zoo privatif. Une énorme cage d'une vingtaine de mètres carrés l'attendait. Durant la première semaine, Akumi fut isolée, ayant pour seule visite le guérisseur animalier. Durant cette semaine, des travaux furent entrepris pour reproduire un habitat adapté à ses besoins. Plusieurs jours passèrent et Akumi n'avait toujours pas rencontré l'empereur Meiji. Mais un beau jour, alors qu'elle était assise sur une branche et mâchouillait tranquillement quelques feuilles d'eucalyptus, deux hommes se présentèrent face à la cage. L'un était vêtu d'un costume traditionnel blanc entièrement brodé de fils d'or, et le second portait un uniforme militaire.

- Dites-moi général, c'est donc ça le fameux animal très spécial ? Il me semble plutôt banal, questionna l'homme vêtu de blanc.
- Oui mon seigneur c'est le fameux koala qui était en compagnie de ce traître d'Okura. D'après ses dires, il s'agirait d'une femelle prénommée Akumi. Elle parlerait la langue des humains, comme si nous allions croire ces boniments, répondit le militaire d'un ton moqueur.
- Bien, voyons cela, il paraît que tu parles, alors je t'écoute, parle à ton empereur ! dit l'homme en blanc.

Akumi descendit de sa branche, et s'approcha paisiblement des deux hommes. La petite avait une très bonne mémoire et n'avait jamais oublié les derniers mots de l'ambassadeur. Elle se mit à genoux et se prosterna exactement comme le lui avait enseigné Shinji.

- Bonjour, mon seigneur, je présume que vous êtes l'empereur Meiji. C'est un honneur de vous rencontrer. J'espère que Mr Okura se porte bien, il avait une peur bleue de vous rencontrer, dit-elle tout en restant dans sa position.

Durant les premières secondes, les deux hommes restèrent sans voix, les yeux écarquillés devant ce petit koala. Puis l'empereur prit la parole.

- Comment ? Mais tu parles vraiment ? Aurions-nous mal jugé Shinji, qu'en pensez-vous général ?
- Hum, il semblerait que sur ce point précis, effectivement Votre Seigneurie, répondit le général.
- Rassurez-moi général, Shinji Okura fait toujours partie des nôtres ? demanda l'empereur Meiji.
- Heu…c'est-à-dire Votre Éminence, il semblerait qu'il ait légèrement perdu la tête à l'aube.
- C'est fort fâcheux général, je vous avais demandé de lui soustraire des informations et pas autre chose. Et qu'en est-il de sa famille ?
- Elle se trouve actuellement dans un cachot Votre Seigneurie.
- Bien, bien, enfin une bonne nouvelle. Général, libérez-les de suite et donnez à la veuve Okura une bonne compensation pour son mari. Cela ne lui ramènera certes pas son époux, mais elle en aura grand besoin pour élever ses enfants.

- De suite mon seigneur, je m'en vais de ce pas régler cette affaire.

Le général se pencha pour saluer l'empereur, puis s'en alla exécuter les ordres fraîchement reçus. L'empereur Meiji et Akumi reprirent leur conversation, il demanda au petit koala de lui raconter toute son histoire. Elle commença donc son histoire depuis le jour de sa rencontre avec la famille Balda jusqu'à son arrivée au palais. Elle clôtura son histoire en demandant à l'empereur Meiji de l'aider à rentrer chez elle.

- Je suis très touché par ton histoire et extrêmement confus pour Shinji Okura. Nous essayons de réformer le pays, mais les vieilles habitudes ont la peau dure. En mémoire de ton ami, je vais ordonner ton retour chez toi. Laisse-moi quelques jours pour tout organiser, ainsi s'exprima l'empereur Meiji.

L'empereur repartit aussitôt à l'intérieur du palais, où l'attendaient de nombreuses affaires d'État. Durant une semaine, en l'absence de Meiji, Akumi passait ses journées avec le soigneur. Cet homme passionné par le monde animal avait installé juste devant la cage, un confortable petit salon fait de bambous. Ils y prenaient tous les jours une collation tout en conversant. Une semaine après la première visite de Meiji, l'empereur vint à la rencontre du petit animal afin de l'informer sur son retour à la maison.

- Bonjour, Akumi, comme promis, dans deux jours un bateau va te reconduire en Australie. Tu partiras avec le nouvel ambassadeur. Nous devrons être très discrets sur ton départ. Les tensions montent dans les rues, les rebelles ont eu vent de ta présence et une rumeur sur ton enlèvement fait bruit.

Meiji fût interrompu brutalement dans sa conversation par des coups de feu. Des tirs résonnants qui émanaient de l'entrée principale. Des rebelles, samouraïs du shogun, avaient réussi à pénétrer dans le domaine. Leur but était très clair : renverser l'empereur pour remettre le shogun sur le trône. Des gardes vinrent très rapidement protéger l'empereur. Ils l'emmenèrent dans le palais afin de le mettre en lieu sûr. La garde chargée de la protection du domaine tentait péniblement de repousser l'attaque et d'empêcher l'invasion du palais. Profitant de cette cohue, un petit groupe de rebelles put s'échapper pour contourner le palais. Mené par un ancien général-samouraï, ce petit groupe de rebelles tentait de s'infiltrer en contournant le bâtiment. Son but était de prendre à revers les gardes de l'empereur pour libérer le passage à l'avant, et permettre ainsi aux autres rebelles d'envahir les lieux. Mais arrivés dans la partie du parc animalier, sa progression fut stoppée par des soldats. Pour semer le chaos et les aider à s'échapper, l'ancien général-samouraï ordonna de libérer tous les animaux du parc. Il s'empara d'Akumi avant de s'échapper avec ses troupes. Ce koala allait leur rapporter beaucoup d'or pour financer leur révolte. Ils avaient déjà un acheteur, un riche Américain, fils de colon, dont le seul but était d'amasser argent et pouvoir. Cet homme cupide vendait des armes aussi bien à l'empereur qu'au shogun. De cette façon, il entretenait ce conflit qui pour lui était une aubaine. L'américain voulait posséder Akumi uniquement dans le but de l'empailler. Son désir était de l'afficher dans son bureau tel un trophée. Peu lui importait qu'elle ait un don particulier. Pour cet homme sans scrupule, avoir cet animal extraordinaire dans son bureau serait un signe de puissance économique. Les rebelles échangèrent donc Akumi contre de l'or et des armes. Le riche homme d'affaires s'empressa de rentrer aux États-Unis. Il avait hâte de faire sa nouvelle commande au taxidermiste le plus réputé du pays. Malheureusement pour lui, il rentra durant une mauvaise période pour les États-Unis.

Après la guerre d'indépendance, fin du dix-huitième siècle, les natifs indiens d'Amériques avaient été regroupés et entassés dans des réserves. Leur peuple isolé du monde s'éteignait peu à peu. Un siècle plus tard, les descendants de ces Indiens se révoltèrent pour réclamer leur droit à la vie. De nombreux massacres virent le jour durant la fin du dix-neuvième.

Durant leur voyage qui devait les mener du port à l'atelier du taxidermiste, la calèche conduisant l'américain fut attaquée par des Amérindiens en colère. Personne n'en réchappa. Cette fois-ci, toute sa fortune ne lui avait servi à rien. Les Indiens étaient un peuple qui possédait un profond respect pour les animaux. Ils prirent Akumi avec eux et l'apportèrent dans leur réserve. Grâce à sa gentillesse et sa bonne volonté, elle fut directement acceptée au sein du groupe. Les Indiens ne parlaient que quelques mots d'anglais. Akumi décida alors d'aider ce peuple. Elle entreprit, auprès des enfants, l'apprentissage de la langue des visages pâles. Grâce à ses efforts, ce peuple allait bientôt pouvoir faire entendre sa voix autrement que par la violence. Le temps passa et les enfants apprirent à lire et à écrire.

Mais un jour sombre s'abattit sur la réserve des Indiens. Ce jour-là, Akumi ne sortit pas de son tipi. Elle était paralysée dans son lit, fiévreuse et tremblante de douleur. Elle était très gravement malade et incapable de prononcer le moindre mot. Les sorciers amérindiens essayèrent en vain de la soigner. Aucun de leurs remèdes et de leurs incantations ne fonctionnaient sur elle. Heureusement, les enfants qui avaient été ses élèves avaient entendu parler d'un étranger un peu fou. Il se contait au saloon du village voisin l'histoire d'un homme venu de l'ancien continent. Un Européen qui se baladerait, seul avec son âne, dans les vastes plaines de la région. Il y étudierait la faune dans le but de tout retranscrire dans un ouvrage scientifique. Les enfants se mirent à sa recherche, ils le trouvèrent au bord d'une falaise d'où il observait un aigle chasser sa proie. Les enfants lui demandèrent son aide et le ramenèrent à la réserve pour y ausculter Akumi. Cet homme était loin d'être un farfelu, il s'agissait de Julien Vangoidsenhoven, un jeune vétérinaire belge fraîchement diplômé. Il fit quelques analyses et découvrit les raisons de sa maladie. L'accumulation durant de nombreux mois de végétaux inadaptés à son corps avait dégradé certains de ses organes. Dans ce vaste pays, les eucalyptus n'existaient pas. Mais ils étaient essentiels pour la survie des koalas. Le vétérinaire mit sous perfusion Akumi et décida de la transporter d'urgence en Belgique. Grâce au parc zoologique d'Anvers, il pourrait se faire livrer les fameuses feuilles d'eucalyptus. Durant leur voyage, le vétérinaire réussit à stabiliser son état de santé. Arrivé en Belgique, il commença rapidement le traitement à l'aide de feuilles d'eucalyptus. Peu à peu, Akumi reprit des forces, et commença à converser avec le vétérinaire qui jusqu'à présent, ignorait tout de son don. Pendant ce temps, le directeur du parc zoologique avait été mis au courant de l'existence d'un koala sur le sol belge. Un animal exotique comme Akumi, dans son parc, allait accroître les bénéfices du zoo d'Anvers. Le directeur mit tout en œuvre pour récupérer Akumi. Les pressions commencèrent sur le vétérinaire et se firent de plus en plus dures. Un soir, Julien reçut un ordre judiciaire, l'ordonnant de livrer le koala sous peine de prison ferme.

- Je suis navré Akumi, cette fois-ci je ne pourrai plus les empêcher de venir te chercher. Il faut que tu partes. Si tu désires rentrer chez toi un jour, c'est la seule solution. Si tu te rends au zoo, tu n'en ressortiras jamais. Je t'ai préparé un sac rempli de feuilles d'eucalyptus.
- Merci Julien pour tout ce que tu as fait. Il est temps pour moi de reprendre la route et de retourner auprès des miens, répondit Akumi.

La nuit tombée, Akumi fit ses adieux au gentil vétérinaire et partit discrètement de son domicile. Épuisée, elle se cacha sous un pont pour y dormir quelques heures.
Au petit matin, lorsqu'elle se réveilla, Akumi fit la rencontre d'une jeune femme de vingt-sept ans. La demoiselle affichait sur son visage un sourire attendrissant et réconfortant.

- Hello ! s'écria Akumi.

- J'ai encore trop bu hier soir, faut vraiment que j'arrête la bière, v'là que j'entends un animal parler, dit la femme à haute voix.
- Non je te rassure, je parle bien je m'appelle Akumi et toi ?

La femme resta sans voix un long moment. Akumi se mit à rigoler.

- Je fais souvent cet effet-là au premier contact, dit Akumi.
- D'accord, ça y est je suis folle, mon cerveau déraille complètement, en fait tu n'es pas là c'est ça n'est-ce pas ? demanda la femme.
- Non, je suis bien réelle, rassure-toi. J'ai simplement eu la chance d'apprendre votre langue.
- D'accord, bon bien, moi je suis Emilie Louise, je suis une saltimbanque, je joue de la musique avec mon violoncelle pour gagner ma vie.

Emilie s'assit dos au mur à côté du petit koala, et toutes deux firent plus ample connaissance. Emilie ouvrit son cœur et dévoila le secret qui lui pesait. Elle expliqua vivre au jour le jour. Elle profitait intensément de chaque moment de bonheur qui lui était offert. Elle était atteinte de la tuberculose et ses jours étaient malheureusement comptés. Elle usait de son violoncelle afin de gagner un peu d'argent pour suivre des traitements expérimentaux, qui lui donnaient l'espoir de ralentir sa déchéance. Akumi, peinée par le récit qu'elle venait d'entendre, se blottit contre Emilie pour la réconforter.

- Ne t'en fais pas Akumi, tout va bien. La vie est magnifique. Regarde, elle m'a permis de te rencontrer. Peu de gens ont la chance de parler avec un koala. Et toi raconte-moi ton histoire, je veux tout savoir, demanda Emilie en souriant.

Sous le visage ébahi de sa nouvelle amie, Akumi conta dans les moindres détails son long voyage qui la conduisit jusqu'en Belgique.

- Eh voilà Emilie comment je me suis endormie sous ce pont. Maintenant, il faut que je trouve un moyen de retourner en Australie, il est temps pour moi de revoir ma famille.
- Et bien dis donc, quelle histoire tu m'as racontée. Je sais par où commencer, on va aller au port, peut-être pourrions-nous y trouver un bateau qui a cette destination. Si tu me le permets, je voudrais t'accompagner, j'ai toujours rêvé d'y aller un jour et plus rien ne me retient ici, répliqua Emilie avec un sourire charmeur.

Les deux comparses se mirent en route pour le port. Arrivées là-bas, Emilie s'entretint avec chacun des marins présents. Après une heure de recherche, elle tomba sur Albert Villet, un homme à la barbe grisonnante. Albert était le capitaine du clipper « le Goéland ». Le clipper était un voilier à trois-mâts, long de soixante mètres. Conçu pour les longues distances, il était essentiellement destiné au transport de marchandises. Le bateau venait d'accoster et son équipage était en permission pour un mois. Durant ce mois, Albert Villet devait s'occuper de remplir les cales de nouvelles marchandises avant de repartir vers l'Australie. Emilie lui demanda s'il était possible de monter à bord lors de son prochain départ. Le capitaine accepta moyennant la somme de mille francs belges. C'était une somme énorme que ne possédait pas Emilie, mais elle accepta la proposition du capitaine. Elle retourna auprès d'Akumi et lui expliqua le marché conclu avec l'homme à la barbe grisonnante. Akumi était ravie de cette nouvelle, mais il fallait encore réussir à récolter la somme demandée. Par chance, Emilie avait déjà une idée en tête.

- Dis-moi Akumi, tu as une voix assez douce, sais-tu chanter ? demanda Emile.
- Chanter, je ne sais pas, je n'ai jamais essayé, répondit Akumi
- C'est l'occasion de tester ça. Voyons voir ce que ça donne, tu connais une chanson ?
- J'en connais une, mais je ne sais pas si je saurai bien la chanter. C'est Alouette, mon ami Jason me la chantait tous les soirs quand j'étais au cirque.
- C'est parfait, une chanson pour enfant. Magnifique ! Écoutons ça, tu commences et je te suis avec mon violoncelle.

Le petit koala ferma les yeux et se remémora Jason lui fredonnant sa berceuse. Elle rouvrit les yeux et se lança. Ce fut un moment extraordinaire, elle chanta la chanson d'une voix douce et mélodieuse. Tel le chant des sirènes, le son de sa voix envoûtait. Son chant apaisant apportait la joie à celui qui l'écoutait. Durant les quatre semaines suivantes, les deux amies se produisirent en spectacle sur la Grand-Place. Emilie s'épuisait peu à peu à cause de sa maladie. Elle avait arrêté en cachette les traitements afin d'économiser le maximum pour le voyage. Elle restait toujours forte et souriante, et ne laissait rien transparaître à son amie Akumi. Le jour était venu, elles avaient réussi à récolter bien plus que la somme nécessaire. Elles se présentèrent au capitaine et montèrent à bord du Goéland. Toutes deux étaient excitées par le voyage. Akumi allait enfin rentrer chez elle. Emilie était également très heureuse. À ce moment précis, rien au monde ne lui aurait fait plus plaisir que la joie affichée sur le visage de son amie. Le voyage se déroula sans encombre. Après plus de cinq ans d'absence, Akumi était enfin de retour sur sa terre natale. Quand elles eurent débarqué, elles traversèrent le pays en calèche pour rejoindre la forêt d'eucalyptus qui abritait le clan d'Akumi. Les deux copines, légèrement stressées, étaient enfin à l'orée de la forêt. Emilie prit Akumi dans ses bras et l'embrassa de toutes ses forces.

- C'est ici que je te laisse, te voilà chez toi, je te souhaite tout le bonheur du monde, dit Emilie.
- Viens avec moi, je vais te présenter à tout le monde, demanda Akumi
- Non Akumi, ma place n'est pas dans cette forêt, ce sont tes retrouvailles, c'est le moment que tu attendais depuis si longtemps, profites-en et sois heureuse.

Les deux amies se firent de longs adieux et Akumi s'enfonça parmi les arbres pour disparaître dans la végétation. Épuisée, Emilie s'assit contre un arbre, ferma les yeux et s'endormit à jamais. Le temps était venu pour elle, d'entamer son ultime voyage.

Akumi, avançant pas à pas, se rapprochait chaque seconde de sa destination finale. Arrivée au centre de la forêt d'eucalyptus, elle entendit des cris venant du haut des arbres. Les yeux du petit koala se remplirent de larmes de joie, elle avait reconnu ces cris chaleureux. Elle leva la tête vers le ciel et vit le clan au complet acclamant le retour de la petite. Ses parents, tous deux présents, s'empressèrent de l'enlacer durant de longues minutes. La famille était enfin réunie. Après toutes ces années extraordinaires, Akumi avait terminé son long voyage à travers le monde.

La fleur du jardinier

Un beau jour, dans le royaume de Vilgarde, Aken Quist, jardinier du roi Yphène, partit en expédition vers une terre lointaine. Lors de son long voyage, il fit la découverte d'une nouvelle fleur. Dès le premier regard, il fut envoûté par le charme de cette fleur unique au monde. Son calice d'un jaune intense brillait de mille feux sous le soleil. Tels les miroirs du phare de Vilgarde, sa corolle composée d'une centaine de pétales blancs projetait de la lumière sur plus de dix mètres. Fier de sa découverte, Aken lui donna son nom. C'est ainsi qu'il nomma cette magnifique fleur exotique, la marguerite quist. Fasciné par la beauté de son éclat et surtout par son unicité, il la ramena au royaume. Pour ce faire, il la déracina délicatement et la plaça dans une grosse malle d'osier remplie de terre fraîche.

Dès son retour à Vilgarde, il organisa une grande exposition florale en l'honneur du roi. Bien entendu, l'apothéose de son œuvre artistique n'était autre que sa fabuleuse marguerite quist. La pièce maîtresse de son exposition avait été intentionnellement placée de manière à capter l'attention de tous. La belle fleur exotique se trouvait au centre de la serre royale. Les rayons solaires qui la nourrissaient y étaient amplifiés grâce à son toit de verre. De cette manière, la marguerite s'illumina comme jamais auparavant. Sa puissante lumière se projetait au-delà de la colline qui surplombait le royaume. Elle semblait n'avoir aucune limite. La fleur exotique faisait fureur au sein de la cour royale. Aken fut généreusement acclamé et profita de ces éloges pour consolider sa notoriété. Vu le succès, Aken usa de cette fleur comme d'un faire-valoir. Lors de ses multiples déplacements, il exhibait la marguerite afin de séduire sa nouvelle clientèle. C'est ainsi qu'il obtint la majorité des contrats de jardinage de Vilgarde et qu'il créa son empire. Il devint, de ce fait, l'homme le plus influent du royaume après le roi Yphène.

Ainsi s'écoulèrent dix années de prospérité pour le jardinier. Il avait tant d'argent qu'il ne savait plus comment le dépenser. Il collectionnait les carrosses de luxe et les entreposait dans son immense manoir entièrement conçu de marbre. Extrêmement orgueilleux, il avait poussé le vice jusqu'à racheter la colline pour y faire construire un manoir au sommet. Derrière celui-ci, il y avait un magnifique jardin qui prenait fin au bord d'une falaise. Au pied de laquelle démarrait la mer de Vilgarde. En début de soirée, il aimait observer les vagues se fracasser sur les rochers.

Maintenant qu'il avait fait fortune, Aken Quist se désintéressait de ce qui jadis fut sa passion. Il ne prêtait plus aucune attention à sa marguerite qui avait fait sa gloire. La fleur ainsi délaissée finit par ne plus briller sous le soleil. Elle avait perdu tout son éclat. Le jardinier, las de voir sa marguerite, la coupa à ras de tige et la posa dans le vase de ses sanitaires. La belle fleur exotique dépourvue de ses racines perdit successivement tous ses beaux pétales. Elle se fana, et il n'aura fallu qu'une semaine pour qu'il ne reste d'elle qu'une frêle tige asséchée. La marguerite quist n'avait plus aucun intérêt pour le jardinier, elle avait fait son temps. Était venu le moment pour Aken de la remplacer par un beau bouquet de violettes. C'est avec indifférence qu'il la jeta par la fenêtre et qu'une bourrasque vint l'emporter. Le vent la souffla loin, à l'opposé de la demeure du jardinier. Le destin qui lui avait fait traverser la ville la transporta dans les quartiers pauvres de Vilgarde. Dans ce petit coin méprisé par la haute société se trouvait la maison d'un jeune saltimbanque. Valentin était un amuseur de rue qui se dédiait aux enfants pauvres du royaume. Chaque vendredi, il leur offrait un spectacle improvisé où s'entremêlaient humour et acrobaties. Et c'est dans son jardin, plus précisément dans les mains d'une statue, que le vent la déposa avec la plus grande des délicatesses. Ainsi, la marguerite termina son voyage. Cette statue qui était installée au centre du jardin représentait un ange à genoux. Il baissait son visage larmoyant, et tendait ses bras vers les cieux. Ses deux mains légèrement entrouvertes se rejoignaient au-dessus de sa longue chevelure bouclée. Telle une offrande, la fleur, éclairée par les astres de la nuit, y prit repos jusqu'à l'aube. Valentin se réveillait chaque jour au chant du coq. Il tenait pour habitude de boire son café au jardin, pour y admirer l'aurore. À cette occasion, il découvrit la pauvre fleur dont il ne restait plus que la tige. La marguerite quist qui avait fait le tour du royaume était connue de tous. C'est pourquoi Valentin la reconnut dès le premier coup d'œil. Il la ramassa et l'examina. La tige qu'il tenait en main n'était pas entièrement sèche. Elle semblait garder encore un peu de vie en elle. Il avait peut-être encore une infime chance de la sauver. Le saltimbanque ne le savait pas encore, mais il allait bientôt se lancer dans le plus ardu des défis.

- Pauvre petite, mais que t'est-il arrivé ? Que t'a-t-il fait ? Toi qui étais si belle, si majestueuse. Accroche-toi ! Cramponne-toi à l'énergie qui réside en toi. Je vais prendre soin de toi et, avec ta volonté, tu retrouveras ta gloire d'antan. Tant qu'il restera un espoir de te sauver, nous nous battrons.

Il prit une de ses petites poteries qu'il remplit de terre et d'engrais. Il y plaça la marguerite et l'abreuva de plusieurs gouttes d'eau. Chaque jour, il lui consacrait beaucoup de temps. Il lui parlait comme à une personne. Avec elle, il pouvait parler de tout. Il aimait raconter ses journées, faire des blagues, et partager ses connaissances. Il était extrêmement doux et attentionné. Il la rassurait et, de temps à autre, la flattait pour l'encourager. Bref, la marguerite était devenue sa passion. Elle recevait tant d'attention, qu'au bout de plusieurs semaines, un miracle se produisit. La marguerite verdit à nouveau et, en remuant légèrement la terre dans le pot, Valentin lui découvrit de nouvelles petites racines. Certes, elles étaient minuscules, mais bien présentes. Grâce à son amour sincère, la jolie fleur exotique semblait se raccrocher à la vie.

- Mais regarde-moi ça ma belle ! Je te l'avais dit, tu vas t'en sortir et rayonner comme jamais. Il est temps de te donner plus d'espace, ainsi tu pourras t'épanouir en toute liberté.

Valentin la dépota avec prudence et la replanta directement dans la terre fertile de son jardin. Il avait pris soin de la placer à l'endroit adéquat, celui où le soleil la nourrirait en permanence.

Ainsi, durant des mois, la fleur profita d'un cocktail explosif, dont les ingrédients n'étaient autres que les fruits de l'amour d'un jeune saltimbanque.

Une année s'écoula. Durant cette période, Valentin découvrit que cette marguerite était bien plus qu'une fleur. Elle possédait une âme. Toutes ses réactions dépendaient de ses émotions. Un lien inexplicable s'était créé entre eux. Leurs âmes résonnaient à l'unisson. La marguerite avait retrouvé toute sa magnificence. Sa beauté était sans pareil. De ses nobles pétales, la lumière irradiait aux quatre coins de Vilgarde.

Lors d'une magnifique matinée du mois de juillet, le célèbre jardinier du roi déjeunait paisiblement sur son balcon. Aken faillit s'étouffer en buvant son infusion d'hibiscus lorsqu'il perçut, au loin, une intense clarté illuminer le quartier pauvre. Alors qu'il ne s'y intéressait plus depuis bien longtemps, comme par hasard ce jour-là, lui revinrent en mémoire les souvenirs de sa marguerite. Du haut de son manoir de marbre, il savait que seule sa fleur produisait une telle lumière. Sans perdre un instant, il se rendit sur place. Il fallait en avoir le cœur net, et ce, même s'il devait se mélanger au petit peuple. Hors de question qu'un autre lui vole sa découverte, et s'approprie sa notoriété. C'était sa propriété et il comptait bien la récupérer.

Arrivé dans les bas quartiers, il n'eut aucun mal à trouver la source de lumière. Devant la maison de Valentin, une file d'enfants attendait pour contempler la somptueuse marguerite. Aken pénétra dans la maison et se fraya un chemin jusqu'au jardin en bousculant les enfants qui attendaient leur tour.

- Voleur ! Faites place à Aken Quist, grand jardinier du roi ! cria-t-il. Elle est mienne et je vous prie de me le rendre sur le champ ! vociféra-t-il en la pointant du doigt.
- Elle ? La marguerite ? Vous me parlez bien de la belle fleur exotique ? ironisa Valentin.
- De quoi d'autre ? Bien évidemment ! Si vous êtes un minimum intelligent et que vous ne voulez pas avoir de problèmes, veuillez me la donner sur le champ.
- Non, mais c'est une farce ? Vous êtes sérieux ? s'étonna le jeune saltimbanque.
- Bien entendu que je suis sérieux, cette fleur est à moi, vous me l'avez dérobée. Vous n'êtes qu'un vulgaire voleur. Je suis jardinier du roi et je vous ordonne de me la rendre.

- Vous avez beau être qui vous voulez, cela ne changera rien, vous n'aurez rien ! Pas même un sourire ! Sachez que je ne l'ai aucunement volée. Je ne vous autorise pas à m'insulter de la sorte. Je l'ai découverte dans mon jardin. La pauvre était dans un état lamentable ! Il ne restait d'elle que son âme pour survivre. Sa renaissance fut un combat long et difficile. Elle a trouvé sa place, regardez comme elle s'est épanouie, ici même. Et là, vous voulez la reprendre ? Pourquoi ? Pour encore l'exploiter et la détruire ? C'est hors de question ! Dites-moi, tant que j'y pense, Monsieur Quist, si elle est si précieuse à vos yeux, comment a-t-elle pu arriver dans mon jardin ?

Les enfants qui assistaient à la scène se mirent à huer le jardinier du roi. Ce dernier observant ces petits visages ronds le conspuer de toute part se sentit humilié comme jamais.

- Tu te prends pour qui vermisseau ? Crois-moi, cette fleur ne t'appartient pas et tous le savent ! Je reviendrai et tu te plieras, de gré ou de force ! menaça-t-il avant de tourner les talons.

Au fond de lui, Valentin savait qu'il ne faisait pas le poids face au jardinier du roi. Aken était dans le vrai, officiellement, la marguerite quist lui appartenait. Mais le fond de sa réclamation était tout autre. En réalité, cet individu égoïste ne pensait qu'à sa gloire. Ce qui l'intéressait, c'était d'asseoir sa notoriété à l'aide de cette merveille de la nature. Mais en réalité, il se moquait bien d'elle et de son bien-être. Il était incapable de percevoir l'âme qu'elle renfermait et qui faisait couler la vie en elle. Valentin avait partagé tant de choses avec cette marguerite, qu'un lien magique les unissait. Une magie mystérieuse qui fusionnait leurs sentiments. Il ne pouvait se résigner à l'idée qu'elle souffre à nouveau. Imaginer qu'elle soit entre les mains du jardinier lui était insupportable. Malgré la menace qui planait sur lui, il était bien décidé à se battre pour elle.

Le lendemain matin, Aken se représenta à la porte de Valentin. Mais cette fois-ci, il n'était plus seul. Huit soldats de la garde royale l'accompagnaient. Le capitaine s'avança et frappa à la porte.

- Par ordre de Sa Majesté le roi Yphène, ouvrez immédiatement !

Le jeune saltimbanque s'exécuta et ouvrit sa porte. Les habitants du quartier, curieux de toute cette agitation, se rassemblaient derrière la garde.

- Bonne journée à vous, messieurs. Que puis-je pour vous ? demanda Valentin.
- Nous venons récupérer la marguerite quist pour la rendre à son propriétaire. Nous avons ordre de vous emmener au cachot si vous opposez la moindre résistance ! Je vous conseille donc de collaborer et de nous rendre la fleur sur le champ ! répondit le capitaine.

Bien entendu, il était hors de question de céder à cet ignoble chantage. Valentin tenta de refermer la porte, mais en vain, le capitaine la bloquait de sa lance. Voici qu'une occasion en or se présentait. Le jardinier du roi pouvait enfin se débarrasser de ce rival qui osait s'éprendre de sa marguerite.

   - Soldats ! Emparez-vous de lui ! ordonna-t-il
   - Aken, vous êtes un lâche ! Vous n'avez pas le courage de vos dires ! cria le jeune amuseur.

   Les habitants qui se maintenaient derrière la garde commencèrent à s'agiter. Nul doute que tous soutenaient ce gentil saltimbanque qui offrait tant de joie aux enfants. Sous les tumultes de la foule, deux soldats maintenaient Valentin et le forcèrent à s'agenouiller. Aken se rapprocha de lui, posa sa main velue sur son épaule et se pencha près de son oreille.

   - J'avais dit que tu te plierais de gré ou de force, lui souffla-t-il.
   - Elle est venue à moi. Vous n'arriverez jamais à égaler l'amour qui nous unit. La seule chose que vous êtes capable d'aimer dans ce monde, c'est vous-même ! répondit Valentin.
   - Nous verrons bien si tu auras toujours autant d'insolence en moisissant dans ton funeste cachot.

Aken tapota trois fois son épaule, puis rentra dans la maison. Une demi-heure plus tard, il ressortit, avec dans ses bras, la marguerite fraîchement empotée. C'est ainsi que le jardinier du roi récupéra ce qu'il estimait n'être que son bien, et que le jeune saltimbanque fut enfermé dans les oubliettes du palais.

De retour au manoir, Aken installa sa fleur exotique devant son entrée principale. L'éclat de sa beauté allait rappeler au royaume le mérite de son triomphe. Il lui aurait paru absurde de ne pas saisir cette opportunité. Aken était un homme pour qui l'affection était une perte de temps. Il était totalement dépourvu d'empathie. Donc, comme à son habitude, il se contenta du strict nécessaire à la survie de sa marguerite. Il n'aura pas fallu longtemps pour que la solitude regagne la pauvre fleur. Un manque se faisait sentir, celui de son doux saltimbanque. Loin de lui, tout ce qui la rendait heureuse avait disparu. Il ne lui restait plus que la nostalgie de ses heureux souvenirs.

Pendant ce temps, Valentin, qui se trouvait dans une cellule au fond des oubliettes, broyait du noir. Cette petite pièce obscure n'avait rien de très accueillant. Seule la lueur des torches du couloir, passant par la lucarne des portes, éclairait timidement les cachots. Les prisonniers étaient nourris une fois par jour. Cet instant précis était l'unique repère temporel mis à leur disposition. À dix-neuf heures tapantes, un disgracieux cuisinier débarquait avec son énorme marmite. Il traversait le couloir tout en hurlant :

- Bandes de pouilleux ! C'est l'heure du festin ! À vos gamelles !

Les détenus, sans piper mot, s'exécutaient en passant leur bol par la lucarne. Ce petit rituel permettait entre autres de constater le décès du condamné qui manquait à l'appel. Le cuisinier s'arrêtait devant chaque cellule et de sa grosse louche remplissait les gamelles de son infâme tambouille. Hormis ce passage quotidien, la seule vraie compagnie qui s'offrait encore à Valentin était celle de deux rats. Deux rongeurs qui chaque jour venaient lui rendre visite à l'heure du souper. Ces petits êtres pleins de vie l'aidaient à surmonter l'isolement. C'était donc avec joie que, chaque soir, il partageait sa maigre pitance avec ses deux compagnons d'infortune. Valentin pensait être condamné à finir ses jours dans cet endroit lugubre. Mais à sa grande surprise, les parents de son quartier s'étaient tous cotisés. Ils avaient réuni suffisamment d'argent pour payer le geôlier, et, ainsi, obtenir sa libération. Pour tous ces gens, il s'agissait d'un juste retour, une manière de remercier l'attention qu'il portait à leurs bambins.

Affaibli et déprimé, il rentra chez lui. Mais son calvaire n'était pas encore fini. Il retrouva une maison entièrement dévastée. Tout y avait été détruit. Même l'ange qui se trouvait dans son jardin avait été décapité. Cette pagaille devait être le résultat d'une basse vengeance d'Aken Quist.

Les jours passèrent, mais le chagrin persistait. Pour ces deux âmes fusionnelles, la séparation forcée était insurmontable. Valentin, renfermé sur lui-même, ne parlait plus à personne. Il n'était plus sorti de chez lui depuis son retour de prison. À force de penser au destin dévastateur qui attendait la marguerite, il avait sombré dans une mélancolie destructrice. La marguerite, elle, se noyait dans son désespoir. Malgré ses souvenirs, elle avait peine à garder l'envie de vivre. En raison du lien magique qui les unissait, chacun d'eux pouvait ressentir la douleur de l'autre. La distance ne pouvait aucunement briser leur union, mais à petit feu, elle les détruisait. Il fallait trouver une solution avant qu'il ne soit trop tard.

Valentin avait tout fait pour sauver la marguerite quand elle était au plus mal. Maintenant, c'était le jeune amuseur qui avait besoin d'être secouru. Son esprit devait être soulagé de ses tourments. La belle fleur exotique entendit l'appel au secours de son âme et comptait bien y répondre. C'est alors qu'elle eut cette idée quelque peu saugrenue, celle de se sacrifier. Tous les trois jours, elle s'arrachait l'un de ses pétales qu'elle semait au vent. Transporté par une légère brise, celui-ci venait délicatement se poser près de Valentin. La marguerite n'avait trouvé d'autre moyen que celui-là, pour préserver celui qu'elle aimait. Cette présence, sous forme du pétale, apaisait l'âme du jeune amuseur. Mais cette compagnie ne faisait que raviver le feu de leur passion. Elle ne guérissait en rien la douleur de leur séparation. Tout au début de ce beau rituel, Valentin se sentait paisible. Tout le poids qui le rongeait semblait disparaître. Mais très vite, ce sentiment de sérénité laissa place à une nouvelle crainte. Chaque pétale qui venait à lui puisait dans l'énergie vitale de la marguerite. En se défaisant d'eux, elle marchait vers sa mort. La fleur se mourait et Valentin le ressentait. Il ne pouvait la laisser se détruire sans réagir. Ce destin tragique devait cesser.

Bien décidé à faire face au puissant jardinier pour libérer la marguerite de son emprise, Valentin se rendit au manoir. Lorsqu'il arriva en haut de la colline, il ne perdit pas un instant pour user du heurtoir décorant la porte de marbre. C'est Aken Quist, en personne, qui vint ouvrir.

- Encore toi ! Tu n'en as pas eu assez, tu tiens tant que ça à retourner dans ton cachot ? Cette fois les miséreux ne pourront rien pour toi ! nargua-t-il.
- Je ne suis pas venu ici pour me battre avec vous. Aidez-moi à sauver la marguerite avant qu'il ne soit trop tard. Elle est unique. Elle n'est pas qu'une simple fleur ! Elle abrite une âme. Au nom de tout ce qu'elle vous a apporté, je vous en prie, laissez-moi l'aider ! J'entends les cris de son âme. Je ne peux vous expliquer ce mystère, mais je peux la ressentir au fond de mon être, expliqua Valentin.
- Tu ressens mal, il est déjà trop tard ! répondit Aken juste avant de refermer la porte.

Trop tard ? Comment ça trop tard ? Serait-elle morte ? Valentin n'avait-il pas été capable de sentir sa dernière étincelle de vie s'envoler vers les cieux ?

Il ferma les yeux et vida son esprit. En se concentrant, il pouvait encore ressentir l'énergie de la marguerite. Elle était faible, mais bien présente. Il se tramait quelque chose d'horrible. Il fallait intervenir au plus vite. Il tambourina à la porte, mais celle-ci resta close. Valentin n'avait d'autre choix que de contourner le manoir pour essayer de passer par-derrière. Dans le jardin, il retrouva Aken. Ce dernier s'avançait vers la falaise. Il tenait dans ses bras un objet qui laissait transparaître une faible lueur. C'était elle, l'âme sœur du saltimbanque. Aken se dirigeait droit vers la bordure. Il tendait ses bras comme pour la jeter à la mer. Valentin courut afin d'empêcher l'irréparable. Au moment même où le jardinier du roi s'arrêta au bord de la falaise, il s'élança sur lui et le poussa de son épaule. Sous la puissance du choc, le jardinier royal laissa tomber la marguerite, et s'étala quelques mètres plus loin. Valentin, lui, retomba sur ses genoux et se trouvait à son tour au bord de la falaise.

- Mais que faites-vous ? Vous êtes un grand malade ! cria Valentin.

Couchée sur la roche face à lui, la pauvre marguerite était dans un piteux état. Il ne lui restait plus qu'un seul pétale, qui tenait encore péniblement à sa corolle. Malgré tout, Valentin gardait l'espoir de la sauver et la ramassa avec la plus grande des délicatesses. Mais tristement, il était trop tard. Son dernier pétale se détacha, et avec lui, s'éteignit l'éclat de son âme.
Le jeune amuseur brisé par le chagrin serra la fleur contre sa poitrine. Il ne pouvait retenir ses larmes, qui pour la dernière fois, venaient caresser le corps inerte de la pauvre marguerite. Pour Valentin, le temps venait de s'arrêter. Le jardinier profita de son inattention pour lui asséner un violent coup de pied entre les omoplates. Fou de colère, Aken venait de pousser Valentin de la falaise.

- Personne ne me parle comme ça ! s'écria Aken.

Valentin chutait, et pour lui aussi, la lumière allait bientôt s'éteindre. Mais jusqu'à son passage dans l'obscurité éternelle, il se consacra à son amour. Comme pour la protéger une dernière fois, Valentin maintenait fermement sa marguerite contre son cœur.
Au moment de l'impact, une explosion de lumière jaillit au pied de la falaise. Et lorsqu'elle s'estompa, deux marguerites entrelacées firent leur apparition. Le destin c'était enfin résolu à réunir ces deux âmes amoureuses.

De leurs beaux pétales scintillants, elles illuminaient l'horizon de leur amour. Là où elles se trouvaient dès à présent, plus jamais elles ne seraient séparées.

Ma princesse aztèque

- Où suis-je ? Qui suis-je ? Que s'est-il passé ?

Je ne me rappelle de rien. Je me réveille avec cette étrange sensation de sortir d'un affreux cauchemar. J'ai perdu la tête. Elle est si vide. J'ai perdu toute mémoire. Mes souvenirs se sont envolés. Je ne sais même plus qui je suis.

- Mais que m'arrive-t-il ?

Il fait si noir. Je n'y vois rien, absolument rien. Tout est sombre. Si le néant était un seigneur, ceci serait, sans nul doute, son royaume. Une terre cultivée par la noirceur des ténèbres. Il fait tellement noir ici. Je n'arrive même pas à voir mes mains devant mon visage.

- Suis-je aveugle ? Mais que se passe-t-il ici ? Ai-je été enfermé, suis-je dans une sorte de prison ?

Je dois aller voir plus loin. Je dois trouver une sortie. Il faut que j'avance, il faut que j'avance. C'est curieux, je ne ressens plus mon corps. Je ne sens pas mes mains caresser mon visage. Que ce soient mes respirations ou les pulsations de mon cœur, je ne ressens absolument plus rien. Mon corps semble endormi. Et pourtant, j'arrive à me mouvoir. J'avance dans ce vide qui m'entoure. Je ne ressens pas de peur. Malgré tous ces mystères effrayants, je n'ai aucune crainte. Bien au contraire, je suis envahi d'une merveilleuse quiétude. Je n'y vois rien. Je ne sais pas vers où je vais, peu importe, il faut que j'avance droit devant. Je sortirai de cette obscurité.

Ça fait des heures que je progresse en ligne droite et toujours rien. Le noir est vraiment partout. Il n'y a rien ici, ni son ni odeur. Tout ceci est vraiment mystérieux.
Je me suis mis en route il y a plusieurs heures, mais j'ai l'impression que cela fait des années. Dans ce lieu, tout est étrange, même le temps. Il faut que je continue. Ce chemin doit avoir une fin.

- Suis-je endormi ? Serais-je prisonnier de mon esprit ? Pourvu que je me réveille au plus vite. Ou alors… aurais-je eu un accident ? Pourquoi suis-je incapable de me souvenir. Pourquoi ai-je perdu mes sens ? Il y a sûrement une explication sensée, et il doit y avoir une sortie. Il faut que je les trouve.

J'avance avec prudence. Il fait si sombre. Il me faut éviter de tourner en rond. Je me suis réveillé seul au milieu de nulle part, et cette solitude m'est insupportable. Cela fait un long moment que je suis en mouvement, et je n'ai aucune fatigue.

    - Tant mieux ! Continue d'avancer, le bout du tunnel ne doit plus être très loin.
    Qu'est-ce que… un mirage… Je rêve ou… Il y a une lueur au lointain ?

Elle me semble si loin. Mais il y a bien quelque chose. Je suis certain de percevoir un point lumineux loin devant. Il est minuscule, mais bien réel. Voici la lumière de mon salut ! Au moins, je suis rassuré là-dessus, je ne suis pas aveugle. Enfin un cap à suivre ! Tant que je ne l'aurai pas rejoint, je ne quitterai pas ce repère des yeux. Qui sait, là-bas se trouve peut-être la délivrance de mon calvaire.

    - Courage mon vieux ! Encore un effort !

Dans cette immensité qui m'entoure, j'ai la désagréable sensation, tout comme dans les mauvais rêves, de me mouvoir au ralenti. Cette petite lumière me paraît toujours aussi loin. Mais il est évident qu'elle s'intensifie. J'en suis certain, ce n'est pas un mirage. Courage, il faut continuer. Même si le temps s'avère interminable dans ces lieux obscurs, je ne peux abandonner.

    - Suis-je mort ?

Il me vient à l'esprit un mythe d'outre-tombe. L'histoire d'une mer séparant le monde des vivants de celui des morts. Une étendue d'eau qui ne pourrait être empruntée que par les morts grâce à la barque d'un passeur. Cette traversée mènerait les âmes au repos éternel. Si ça se trouve, je suis mort. Si ça se trouve, ce que je perçois là-bas, c'est la lanterne du passeur qui m'attend pour la traversée.

Non, je ne peux y croire. Je pense, je réfléchis, j'analyse, je vois, cela veut bien dire que je suis conscient, que j'existe bel et bien. Non, c'est impossible, ça ne peut être la mort !

- Mais alors, que m'arrive-t-il ? Suis-je pris au piège dans un rêve ? Aurais-je été drogué et plongé dans un profond sommeil ? Ou bien, suis-je réellement mort ?

Il faut que j'avance et que je rejoigne cette lueur. J'en saurai peut-être plus, j'y verrai probablement plus clair. Quel horrible châtiment que celui d'être condamné à errer avec toutes ces interrogations.

- Enfin, la lumière grossit ! Encore un petit effort, mon vieux, courage, tu y es presque !

Cette lumière éblouissante ressemble à celle du jour qui s'engouffre dans les grottes. Mais oui, c'est sûrement ça, j'ai dû avoir un accident. Il est possible que j'aie chuté dans une grotte, et que je me sois cogné la tête lors de cette chute. Cela expliquerait mon amnésie. Espérons que cette lumière soit le guide de ma délivrance.

Je me rapproche. La lumière prend forme. Quelque chose flotte dans les airs. C'est de là que provient la lumière.

- Mais qu'est-ce que… ? Comment est-ce possible ? Un ange de lumière ? Un séraphin ?

Non, c'est une jeune femme à la longue chevelure noire. La lumière qui jaillit de son corps dégage une incroyable bonté. Son visage ressemble à celui d'un ange. Ses yeux sont légèrement bridés et sa peau est mate. Elle est si belle, son charme m'envoûte. Je ne sais pour quelle raison, je ne peux y résister. Elle est vêtue d'une petite jupe blanche, et d'un bout de tissu, qui, maladroitement, aspire à recouvrir son indiscrète poitrine. Elle porte un médaillon à l'effigie du soleil autour de son cou, et sur sa tête, une somptueuse couronne d'or.

- Je n'y comprends plus rien, comment peut-elle léviter ainsi ? Qui peut-elle bien être ? Est-ce un ange ? Un guide ? Est-elle ma passeuse vers l'au-delà ?

Elle dort profondément. Je n'ai pas trop le choix, je dois la réveiller. Il faut que je sache qui elle est et ce qu'elle fait ici. Je vais tenter de la réveiller. Il faut que je tende mon bras pour effleurer sa main. Il faut que je sois prudent, je ne sais rien à son sujet et je ne dois surtout pas l'effrayer. Ce serait dommage qu'elle prenne la fuite et que je me retrouve à nouveau dans l'obscurité totale.

- Ahhhhhh ! Quelle horreur ! Mais c'est quoi ça encore ? Oh, mais non ! Où sont mes mains ? Où est mon corps ? Pourquoi ai-je l'apparence d'une ombre ?

Je vais me réveiller de ce cauchemar, ce n'est pas possible. Avec cette lumière, j'y vois plus clair. Je comprends maintenant pourquoi je ne ressentais plus rien. Je n'ai plus de corps ! j'ai l'impression d'être un gros nuage gris.

- Zut !

Mes cris l'ont réveillée. Elle ouvre lentement les yeux.

- Bonjour, j'ai tellement de questions à te poser. Qui es-tu ? Quel est ce lieu et que faisons-nous ici ? Où est mon corps ?

Bien, déjà elle n'est pas muette, c'est déjà ça de gagné. Mon Dieu, un vrai moulin à paroles. Elle n'arrête pas de parler. Il faut qu'elle respire là, elle va finir par s'évanouir si ça continue. Bien dommage, je ne connais pas cette langue.

- Que dis-tu ? Quelle est cette langue étrange ? Excuse-moi, mais je ne comprends pas un seul de tes mots. Hum ! Peux-tu arrêter de parler un instant s'il te plaît ? Je suis vraiment désolé, mais je ne connais pas du tout ta langue. Bah tiens donc…

Voilà qu'elle se met à faire des mimes. Bon d'accord, jouons aux devinettes. Mon petit gars, concentre-toi bien sur elle.

- Vas-y, je suis prêt !

Alors, elle me pointe du doigt. Elle fait quelques pas avant de tomber au sol. Elle hurle en étant couchée et claque dans ses mains en criant "SPLAF". Bien, voilà qu'elle convulse. Elle ferme doucement ses yeux et agonise en tirant la langue. Jusque-là, cela semble assez facile. Maintenant, elle me remontre du doigts et baille tout en s'étendant. Elle finit son mime en me montrant tout ce qu'il y a autour de nous.

- Attends s'il te plaît ! Voici ce que j'ai compris. Alors que je me promenais, je suis tombé par terre. Pour cette partie, je t'avouerai que j'espère me tromper. Donc je suis tombé, et je me suis écrabouillé. Et pour finir, je me suis réveillé ici.

Elle est super sympathique dis donc cette femme. Voilà qu'elle affiche un énorme sourire et qu'elle commence à faire des petits bonds en applaudissant.

- Très rassurante cette histoire, merci. Mais dis-moi, comment peux-tu savoir tout ça ? Qui es-tu toi ? Pourquoi peux-tu comprendre ce que je dis et pas l'inverse ?

Elle se rapproche de moi et me tend sa main. Je pense qu'elle veut que je la lui prenne. Bon, allons-y, que puis-je bien risquer après tout.

- Eh ! Qu'est-ce que tu fais ? Ta lumière m'enrobe !

Mon corps ! Hé Génial ! Mille mercis, enfin mon corps. Regarde ! Je brille tout comme toi. Mais comment fais-tu cela ? Je crois rêver, tu es magicienne, sorcière, quelque chose comme ça ?

Elle veut que je la suive. C'est de plus en plus étrange cette histoire. Depuis qu'elle m'a touché, j'ai l'impression de l'avoir déjà vue, elle m'est devenue familière. Je vais faire ce qu'elle demande et la suivre. L'énigme commence à se dénuder, ce n'est pas le moment de faire marche arrière.

Cela fait un bon moment que nous courons dans cette direction. Grâce à la lumière de notre corps, il est bien plus facile d'avancer. Enfin, ce qui est certain, c'est qu'elle sait où elle va. Elle semble connaître cet endroit sur le bout des doigts. C'est dommage que je ne puisse comprendre ce qu'elle dit. Ça aurait été tellement plus simple de parler. Bref, nous voici devant une porte. Elle est fermée, il m'est impossible de l'ouvrir. En plus, elle n'a pas de serrure.

- Comment faire ? Toi tu sais comment l'ouvrir ?

Elle se place devant la porte et pose sa main dessus. Un mécanisme se déclenche, un faisceau de couleur verte vient quadriller le montant de la porte.

- Elle s'ouvre ! Je ne sais pas comment tu as fait, mais bravo !

Une nouvelle pièce s'ouvre à nous. Les murs sont verts. Nous nous trouvons dans une tour gigantesque. Il n'y a qu'un escalier en colimaçon. Je n'arrive pas à voir le sommet. Ces escaliers semblent interminables. Bon, quand faut y aller, faut y aller. Allons-y promptement. Bon sang ! J'ai déjà peine à voir le sol et pourtant, la fin de cette montée est toujours imperceptible. La prudence est requise, ces escaliers n'ont pas de rambardes. Il ne faudrait pas tomber, ce serait dommage de s'écrabouiller une seconde fois.

> - Attends s'il te plaît ! Regarde ! Juste ici, sur le mur droit devant. Des dessins sont gravés sur la paroi.

Cela ressemble à deux nouveau-nés. L'un des bébés se repose à même la terre et l'autre sur un tapis de plumes d'aigle. Celui étendu sur les plumes porte un médaillon identique à celui de cette jeune femme.

> - Hé ! Pourquoi tu me tires le bras comme ça ? Tu connais ces bébés ? Tu sais qui ils sont ? Celui-là est de ta famille ? Regarde, il a le même pendentif que toi.
> Mais… reviens ! Tu pars déjà ? Pourquoi autant d'empressement ?

Elle est partie et toujours aucune réponse concrète. Elle a l'air pressée par le temps. Je dois me dépêcher, je ne dois pas la perdre de vue. Reprenons notre ascension, cette fille a de l'énergie à revendre. Elle monte à une de ces vitesses, j'ai peine à suivre. Elle est juste là. Elle s'est arrêtée devant une autre gravure. Ici, le dessin représente un temple, un grand soleil se trouve en arrière-plan. Continuons à monter.

Encore une nouvelle illustration. Le bébé au médaillon est maintenant une petite fille. Elle est assise sur une sorte de trône. L'autre bébé est devenu, quant à lui, un jeune garçon qui laboure une terre.

- Là-bas ! Encore des dessins. Je suis certain que ce bébé a un lien avec toi. Mais le deuxième enfant, qui est-il ? Pourquoi restes-tu muette ? Regarde ces gravures, le jeune garçon est emmené par des guerriers. Il est durement entraîné. Il doit se battre contre d'autres. Viens ! la suite est très certainement un peu plus haut.

Cette pièce est extraordinaire. Toute une histoire y est représentée. Ce pauvre garçon recevait une formation à la guerre alors qu'il était encore si jeune. Un conflit se préparait-il ? Ils sont très légèrement vêtus. Ils sont représentés avec des bouts de tissus et des plumes colorées. Ils ressemblent à des indigènes. Ça me fait penser à une tribu des temps anciens.

- Continuons l'ascension. J'ai hâte de découvrir la suite.

En voici de nouvelles. Le jeune garçon est devenu un homme robuste. Sur ces scènes, il triomphe de tous ses adversaires. C'est un guerrier redoutable. L'auteur de ces gravures est un vrai artiste. Je me demande qui a construit tout ceci.

- Hé, mais... c'est ta couronne ! Regarde ici ! Tous sont agenouillés devant un vieil homme qui porte une couronne identique à la tienne.

Ce vieil homme est sans nul doute le chef, une sorte d'empereur. Il remet une tête de jaguar au jeune guerrier, et, juste à ses côtés, se trouve la femme au médaillon. Tout comme le vieil homme couronné, elle est debout. De tous, c'est la seule qui ne se prosterne pas. Plus de doute, j'en suis certain, elle est de sang noble.

- Cette femme, c'est toi, et lui, c'est ton père !? Tu es une sorte de princesse. Où sommes-nous ? Depuis combien de temps es-tu enfermée ici ? Pourquoi je me retrouve coincé, ici, avec toi ? Sommes-nous seuls ou d'autres se cachent dans ces lieux ? Dois-je t'appeler majesté ? Dois-je te vouvoyer ? Je t'en prie, dis quelque chose, ton silence est insupportable !

Elle me prend la main, une chaleur apaisante envahit mon corps. Son toucher me donne des frissons. Elle me fait signe de monter. Elle me presse sans jamais apporter de réponses. Elle semble très désireuse de me faire découvrir ce récit. Je pourrais me tromper, mais d'après moi, toutes ces gravures sont liées à ses souvenirs. Pourquoi a-t-elle l'air si impatiente que je connaisse son passé ?

Pour finir, nous arrivons au sommet des escaliers. Il y a un long couloir devant nous. Une fresque est présente tout le long du mur.

La princesse est assise sur son trône. Quant au jeune guerrier, il est debout derrière elle. Il est armé d'une lance et porte une armure. Sa tête est recouverte par le crâne du jaguar. C'est son garde personnel.

- Mais oui, c'était donc ça !
Son destin était déjà fixé à la naissance. Il est né pour te protéger, et c'est pour ça qu'il reçut cet entraînement intensif. C'est ton protecteur et sa vie est liée à la tienne.

Sur le prochain dessin, ils se tiennent par la main. La nuit, ils se retrouvent en cachette dans la jungle. Près d'un arbre, à l'abri des regards, ils s'embrassent. La princesse et son protecteur sont tombés amoureux.
Un garde les espionne et parle à l'empereur. Le père est furieux et refuse cette union. Il se dispute avec sa fille et la menace. Sur la dernière partie de la fresque, des guerriers lourdement armés emmènent le jeune homme.

Il y a une autre porte au bout du couloir. Elle s'avance pour poser sa main dessus. Une lumière blanche quadrille la porte. Elle s'ouvre.

La pièce est blanche. Tout ce blanc est presque aveuglant. Cette vaste pièce forme un ovale, et il y a une nouvelle fresque sur le mur.
Le protecteur de la princesse est amené au sommet d'une pyramide. Sur la gravure suivante, il est couché sur un autel. Il a un couteau planté dans la poitrine et un homme lève son cœur en direction du soleil. Quelle horreur ! C'est un sacrifice.

- Tu pleures !? Je suis sincèrement désolé. Ils ont sacrifié cet homme parce que ton père n'acceptait pas votre amour ? Quelle horrible histoire. Sèche tes larmes s'il te plaît. Je suis certain qu'où qu'il soit, ton protecteur veille toujours sur toi.

La fresque continue de ce côté. La princesse est en larmes. Elle se noie dans son chagrin. Elle n'arrive pas à surmonter la perte de son amour. Elle se rend chez une sorcière. Une recluse qui vit dans la jungle. Cette vieille femme prépare une mixture et la verse dans une fiole. Elle donne la fiole à la princesse qui s'enfuit avec. Nous arrivons devant une troisième porte.

Cette fois-ci, la pièce est ronde et de couleur jaune. Le casque de son protecteur est juste devant moi. Il est posé sur une dalle. Cette dalle se trouve sous une nouvelle représentation.
La princesse ramasse le casque et le frotte avec un bout de sa jupe. Elle se retourne vers moi. Pourquoi me regarde-t-elle avec insistance ? Ses yeux débordent d'émotion. Elle a peine à retenir ses larmes.

- Quoi ? Pourquoi me tends-tu ce casque ? Tu veux que je le mette sur ma tête !?

C'est drôle, il est à ma taille. Je me sens vraiment à l'aise avec ce crâne de jaguar. C'est comme s'il avait été fabriqué sur mesure, rien que pour moi.

- Bon, que raconte cette dernière fresque ?

Elle est composée de quatre gravures. Les deux premières sont placées sous le symbole de la lune. La jeune princesse est près de l'arbre où elle se cachait avec son protecteur. Elle mène la fiole à sa bouche, elle va boire.

La troisième gravure est placée sous le symbole du soleil. Nous y retrouvons l'arbre, mais la princesse a disparu. À son emplacement, une fleur est apparue. Cette fleur rayonne comme le symbole du soleil.
Sur la toute dernière gravure, il n'y a aucun dessin. Seuls sont écrits quelques mots :

« Valentin, nochi tonali kemaj kisa tonati, nikijlamiki motlasojtlalis »

C'est écrit en nahuatl, la langue des Aztèques. Comment puis-je connaître cette langue ? Est-ce grâce à ce crâne de jaguar ?

- Valentin, tous les jours quand sort le soleil, je me souviens de ton amour.

Au royaume de Vilgarde, mille ans s'étaient écoulés depuis le décès du roi Yphène.
Dans ce royaume, le temps avait fait son office. Seul un vieux vestige du passé put survivre à son érosion.
Au pied d'une falaise, deux marguerites, unies par leurs racines, éclairaient l'océan.

Au bout de ces mille ans, la lumière dégagée par ces fleurs s'intensifia soudainement. Elle devint si puissante, qu'elle enroba tout le royaume.
De la corolle des deux marguerites naquit un couple. Un homme et une femme qui, grâce à l'amour, vainquirent la tragédie du destin funeste.

C'est ainsi que Valentin et Marguerite se retrouvèrent. Le protecteur et la princesse aztèque étaient enfin libres de s'aimer. Les souvenirs de leurs vies passées s'effacèrent à jamais, leur offrant ainsi ce qu'ils attendaient tant : la félicité d'une vie commune.

Le Jonas du Pirate

Au lendemain d'une grosse tempête, une vielle chaloupe dérivait en plein milieu des océans. À son bord, se trouvait le plus redoutable des pirates latinos, le légendaire Capitaine Biel. Dans la profession, il était surnommé « el encantador ogro », se traduisant par l'ogre charmant. Ce petit surnom affectueux lui venait de son charme irrésistible couplé à son appétit vorace. Dans toutes les bonnes tavernes pouilleuses du monde, nous pouvions entendre sa légende. C'était une histoire à vous glacer le sang. Il se disait du capitaine, que lorsqu'il accostait dans un port, il se trouvait une femme mariée à séduire. Il était primordial qu'elle soit mariée, car pour *el ogro encantador*, le plus amusant, c'était de se débarrasser du mari en le mangeant. Et d'après ce qui se contait, il ne laissait pas même un poil du mari. Bref, revenons à notre chaloupe.

Perdu au milieu de nulle part, le capitaine Biel se retrouva seul sur sa petite embarcation. Durant la nuit, son bateau, le célèbre brick « el Culito Lugùbre », avait été décimé par la tempête. Il avait sombré dans les profondeurs de l'océan, emportant avec lui l'entièreté de son équipage.
Debout sur sa chaloupe, notre pirate observait l'horizon à l'aide de sa longue vue. Sa jambe droite posée avec élégance sur le bord de la chaloupe lui assurait une stabilité face aux vagues rebelles. Alors qu'il était à la recherche de n'importe quoi pouvant l'aider dans son périple, son embarcation fut brutalement percutée. La puissance du choc l'envoya valser au sol. Il se releva rapidement et alla voir ce qui l'avait heurté. Il passa sa tête par-dessus bord et fit le tour de l'embarcation. Au bout du deuxième tour, il distingua une ombre au fond de l'eau. Cette ombre qui s'éloignait disparut au loin. Pas plus inquiet que cela, il se retourna et s'assit sur une planche qui faisait office de banc.
La tête entre les mains, Biel voguait dans ses sombres pensées, quand tout à coup, un autre choc le renvoya au sol. Il se retrouva sur les rotules, les fesses en l'air. Son visage aplati sur le plancher laissait s'échapper un petit filet de bave.

- Morbleu ! Palsambleu ! Gibier de potence ! Olibrius ! Si j't'attrape, j't'étripe, jura-t-il en s'essuyant la bouche.

Il se redressa, et cette fois-ci, il était vraiment très, très en colère. Il se précipita à la poupe d'où provenait l'impact, et vit, à nouveau, l'ombre disparaître au loin. Ne se laissant pas démonter, il décida de guetter cette chose qui semblait vouloir le faire chavirer. Il resta à l'arrière de la barque et attendit. Si par chance il s'agissait d'un animal, il ferait d'une pierre deux coups, il le tuerait et le mangerait. Il attendit, attendit, encore et toujours il attendit, puis il bailla longuement, et il attendit. Après avoir attendu longtemps, très longtemps, un nouveau choc vint le surprendre. Mais cette fois-ci, le coup venait de l'avant et l'envoya valdinguer à travers le banc de la chaloupe. Étalé sur son dos, Biel se retourna hâtivement pour regarder en direction de la proue. Il eut juste le temps d'entr'apercevoir le bout d'un aileron. Cette fraction de seconde suffisait à ce professionnel de la mer pour reconnaître l'animal. C'était un requin-tigre. Un bon gros requin, bien dodu. À vue de nez, il devait mesurer dans les sept mètres de long et avoisiner les deux mille kilos. Autant dire, une vraie machine de guerre. Ce gros poisson semblait l'avoir pris en chasse. Sûrement que l'idée de croquer une viande bien juteuse, qui plus est à la saveur rhum-vanille, devait motiver cette grosse bête.

La pointe de son aileron réapparut une centaine de mètres plus loin. Le requin-tigre, qui avait pris plus d'élan, fonça droit sur la chaloupe. Juste avant la collision, Biel plongea au sol et s'accrocha à la charpente. Le requin frappa fort l'embarcation de sa tête qui se souleva dans les airs et retomba violemment sur l'eau. La coque se fendit sur plusieurs centimètres créant une fuite. Lentement mais sûrement, le niveau d'eau montait à l'intérieur. Le requin qui faisait face au pirate s'amusait de sa détresse. De sa grosse caboche sortie hors de l'eau, il le narguait d'un énorme sourire acéré. Le capitaine Biel devait faire quelque chose. Il était nécessaire de réagir, et de le faire vite. Sous peine d'être mâchouillé, il fallait non seulement s'éloigner du requin, mais aussi, empêcher la barque de couler. N'ayant rien sous la main pour colmater cette brèche, le capitaine Biel devait faire appel à l'ingéniosité de son magnifique cerveau de flibustier.

- Ah ! Ah ! Ce n'est pas aujourd'hui que le capitaine Biel se fera croquer par une sardine géante, vil gredin ! s'esclaffa-t-il.

Il s'empara des deux pagaies et commença à ramer. Grâce à une astucieuse technique, le capitaine Biel parvint à combiner fuite et vidange. En poussant fort sur les rames, il se penchait au maximum pour aspirer l'eau dans sa bouche. Ensuite, lorsqu'il tirait sur les rames, il se redressait et recrachait l'eau par-dessus bord. Le couac, c'est qu'il n'avançait pas assez vite. Il n'arrivait pas à semer le requin. Faut dire que cette foutue poiscaille démesurée pouvait atteindre les soixante kilomètres par heure. Alors Biel augmenta la cadence. Mais le vil requin le suivait toujours. Du coup, le capitaine accéléra, encore et encore, il accéléra, et ce, sans jamais cesser d'aspirer et de recracher l'eau. Il ramait tellement vite, que ses mouvements devenaient quasi imperceptibles. Mais ce requin têtu tenait bon. Il était toujours là, juste derrière lui avec son sourire narquois. Au bout d'un très long moment, le capitaine réussit à maintenir une distance entre eux. Tous deux avançaient à la même vitesse. À les voir de loin, nous

aurions pu croire que le requin faisait du sport aquatique en étant tiré par la chaloupe du pirate. Biel ne devait donc en aucun cas faiblir, et encore moins arrêter d'écoper. Seules deux issues étaient possibles pour lui. Poursuivre sa lutte, ou offrir son corps à la nature. Le requin-tigre, lui, n'attendait qu'une seule chose, c'était son petit déjeuner. Le téméraire capitaine n'était pas encore décidé à s'avouer vaincu. Il poussa, aspira, tira, cracha, poussa, aspira, tira, cracha, poussa, aspira, tira, cracha, le tout au rythme de son cœur, et durant de très nombreux jours.
 Au bout du trente-cinquième, ils finirent par s'épuiser. La course-poursuite qui avait très fortement ralenti se poursuivait dans la souffrance. Le requin, vide d'énergie, zigzaguait péniblement derrière Biel qui avait tous ses muscles tétanisés. Avec tous ces efforts, le capitaine était devenu bien maigrichon. Seuls les muscles de ses bras avaient triplé de volume.

 - Par Poséidon le boiteux ! J'ai l'cul qui vire au rouge ! Et cette poiscaille qui y est toujours collée ! Je vais t'appeler Jonas ! Tu m'entends la poiscaille ? Maintenant, tu seras Jonas ! Regarde-moi ça Jonas, par ta faute je ne ressemble plus à rien !
Ah ! Ah ! Si mes moussaillons étaient encore de ce monde. Ils diraient de moi que je ressemble à un capucin aux bras de gorille…Mouhahaha !
Ouais, ouais, c'est exactement ça, ouais ! J'aurais pu leur faire subir le supplice de la grande cale à tous ces marins d'eau douce. Ah ! Que ça aurait été marrant ! Mouhahaha !

Le vieux loup de mer paraissait être en plein délire. Il faut dire que le pauvre homme avait dû endurer la fatigue, la faim, la soif, le soleil brûlant et les intempéries maritimes. Et encore, sans vous parler du sel marin, rongeur de chair. En plus, tout ça, seul sur sa petite chaloupe trouée. Cette situation en aurait anéanti plus d'un, croyez-moi, mais pas le légendaire *encantador ogro*. Par chance pour lui, Jonas n'avait pas plus de force et ne pouvait donc plus le charger. De toute manière, ce n'était plus nécessaire de l'attaquer, car la chaloupe recommençait à couler. Les lèvres du capitaine qui ressemblaient maintenant à deux grosses prunes ratatinées, étaient bien trop engourdies que pour vidanger l'eau de sa chaloupe.

Dès lors qu'il pensait son destin scellé, la courbure terrestre dévoila ce qui semblait être une île. Biel retrouva un peu de courage et fournit un ultime effort pour s'en rapprocher. À chaque coup de rames, ce point apparenté à un mirage se précisait. C'était un petit bout de terre entouré de gros rochers. Cet îlot à la plage paradisiaque était rempli de bananiers et de cocotiers. Il était si petit, qu'il suffisait d'une demi-journée de marche pour en faire le tour.

Alors qu'il n'était plus qu'à quelques centaines de mètres, l'embarcation du capitaine ne put plus avancer. Elle était remplie d'eau, et donc, impossible à manœuvrer. Encore une fois, deux solutions s'offraient à lui : couler pour nourrir les poissons, enfin, surtout un gros bien dodu ; Ou prendre le risque de sauter et nager jusqu'au rivage. Son choix se porta sur la deuxième solution. Je ne sais pas ce que vous en pensez, mais moi, je trouve qu'il avait pris la bonne décision. Bref, il jeta un dernier regard sur Jonas, pour s'assurer que l'olibrius soit toujours à distance, puis il plongea dans la mer. Il nagea le plus vite possible, de toutes ses forces, enfin, celles qui lui restaient bien sûr, et ce, sans se retourner. Le requin qui entendit son dîner se jeter à l'eau pour prendre la poudre d'escampette, se ressaisit et se mit à sa poursuite. Il ne fallait pas que ses efforts soient vains. Hors de question de voir son dîner lui échapper entre les dents. Et son dîner justement, il se rapprochait dangereusement du bord de plage. Mais Jonas jouait à domicile. Il était bien plus rapide. Magnifique n'est-ce pas ? Pour finir, il allait croquer du pirate. C'était l'heure ! Le dîner était servi ! À table ! Jonas ferma ses yeux et ouvrit grande sa mâchoire.

BANG !

Le capitaine Biel entendit un bruit sourd et se retourna un bref instant. Le requin flottait en surface, il ne bougeait plus. Cette stupide poiscaille venait de s'assommer sur un récif. Faut savoir que ces bêtes-là sont complètement aveugles quand elles attaquent.
Après plus de huit cent cinquante heures de lutte acharnée, le capitaine toucha enfin terre. Arrivé sur le bord de plage, il s'amusa, à son tour, de ce requin qui peinait à reprendre ses esprits. Il s'allongea sur le sable chaud et s'endormit comme une masse. Jonas qui boudait comme un enfant privé de dessert s'éloigna avec un fameux mal de crâne. Mais ce vicieux requin-tigre n'était pas du genre à baisser les nageoires.
Plus tard, le capitaine Biel se réveilla de sa longue sieste. Son visage rougi par le soleil des tropiques ressemblait aux fesses flétries d'une écrevisse. Son estomac criait famine et ses gargouillis retentissaient par-delà les

océans. C'est pourquoi il partit en quête de nourriture. Il cueillit des bananes bien mûres, et ramassa quelques noix de coco dont il usa du lait pour étancher sa soif. Mais tout cela ne lui suffisait pas. Il lui fallait quelque chose de plus consistant. Sacrebleu ! C'était un redoutable pirate ou un ouistiti ?! Il ramassa une longue branche, et de son sabre y tailla une pointe afin d'en faire un harpon. L'océan regorgeait de poissons et grâce à ce nouvel outil, il allait pouvoir assouvir son appétit. Il ôta ses bottes et s'avança dans la mer jusqu'aux genoux. Dès qu'il apercevait un poisson, il frappait de son harpon.

- Par Poséidon le boiteux ! Si je n'l'embroche pas comme une tête sur une pique, que le grand cric me croque ! Mordious ! disait-il à chaque tentative.

Au bout de plusieurs essais infructueux, un gros scarus, dit poisson-perroquet, passa incognito entre ses jambes. Ce poisson se baladait là, comme ça, juste devant ses yeux, en se déhanchant langoureusement. Devant tant de provocation, Biel leva haut son harpon, visa le gros scarus et frappa de toutes ses forces. Tandis que son bras se tendait vers la surface de l'eau, Jonas surgit inopinément de front. L'effrayante mâchoire béante du requin-tigre exhibait ses six rangées de dents, toutes plus tranchantes les unes que les autres. Jonas qui l'avait pris par surprise lui sautait au visage. Mais heureusement, les remous provoqués par son apparition brutale projetèrent notre pirate en arrière. La gueule du requin engloutit tout sur son passage et se referma en frôlant la main de Biel. Jonas venait de rater sa cible, et disparut aussi vite qu'il était apparu. Il emporta avec lui le magnifique scarus, ainsi que le harpon. Les fesses dans l'eau, le capitaine Biel réalisa qu'il l'avait échappé belle.

- Foutue poiscaille vérolée ! Tu es toujours là à épier, espèce de rat de cale. Par Poséidon le boiteux ! Qui se frotte au capitaine Biel marche vers sa mort ! Foi de pirate ! hurla-t-il.

S'il ne voulait pas ingurgiter bananes et cocos le restant de ses jours, il fallait se débarrasser du mutin. De plus, entre nous soit dit, deux tonnes de barbaque, ça ne se refusait pas. Il était temps pour le capitaine Biel de montrer à Jonas qui des deux était le vrai prédateur. La mer n'avait pas assez de poissons pour nourrir deux vieux loups de mer !

Au soir, le cerveau de Biel l'empêcha de dormir. Il ne cessait de cogiter à l'élaboration d'un plan machiavélique. C'est seulement après une longue, mais fructueuse réflexion, qu'il put enfin trouver le sommeil. Au petit matin, il s'attela directement à la tâche. À l'aide de son sabre, il partit abattre le tronc d'un cocotier. Pour attraper un gros poisson, il fallait un gros harpon. Vous me croirez où vous ne me croirez pas, mais le tronc mesurait douze mètres de long sur trente centimètres de diamètre. Lui tailler une pointe nécessita toute la journée. Vers la fin de l'après-midi, le harpon géant était prêt et bonne chance à Jonas pour l'avaler celui-là, indigestion assurée.

Afin que le requin ne remarque rien, le capitaine attendit la nuit pour passer à la seconde étape de son plan. Alors que le ronflement des crabes berçait le reflet lunaire sur une mer endormie, il se remit à l'ouvrage. Il poussa le tronc afin de le rouler jusqu'en bordure de mer. Là, il creusa une tranchée et y glissa le harpon géant. La pointe était dirigée vers l'océan et flottait à deux mètres du sol. Afin d'assurer un bon ancrage, Biel déposa de lourdes pierres sur la base du tronc. Pour peaufiner son ouvrage, il camoufla le tout à l'aide de sable et de branchages. Son piège étant prêt, il pouvait maintenant se reposer jusqu'au lever du soleil.

Après un bon petit roupillon, il était temps pour notre pirate d'en finir avec ce requin. Pour ce faire, il fallait l'attirer droit dans le piège. Biel se dévêtit en intégralité pour bien diffuser l'effluve de son corps crasseux. Son odeur était si rance qu'elle faisait fuir les milliers de crabes qui se terraient sous le sable. Il paraîtrait même que certains d'entre eux se suicidèrent avec leurs propres pinces. Quoiqu'il en soit, pour Jonas, ce petit fumet épicé, était l'assurance d'un bon repas gastronomique.
Le capitaine s'avança, sabre en main, jusqu'à l'extrémité de son harpon. Il s'assit sur la pointe, et, tout en laissant ses jambes à l'eau, il se les entailla légèrement. Rien de grave, il lui fallait juste un peu de sang pour alerter le requin. Tout en gardant son regard fixé sur l'horizon, il lança, d'un geste fort, son sabre par-dessus son épaule. Sa lame fraîchement tachetée de sang se planta dans le sable de la plage, juste dans son dos.

- À nous deux l'sushi ! Ton heure est venue ! Par Poséidon le boiteux, m'en vais faire de toi une belle grosse brochette ! Ne te fais pas prier poiscaille vérolée ! Viens par ici, viens déguster ce bon vieux Capitaine Biel ! cria-t-il au loin.

Le sang mélangé au fumet épicé se répandit dans la mer et alla titiller les narines de ce bon vieux Jonas. Miam miam, ce doux parfum, il le reconnaîtrait à jamais, car toutes les nuits il en rêvait. Il fallait faire vite !

- Hors de question de me faire voler mon repas par un charognard ! Et si par malchance c'était déjà fait ? On non ! Par Kraken le borgne ! Ne pense pas à ça malheureux, surtout ne pense pas à ça ! se disait Jonas en lui-même.

Ce grand requin-tigre, seigneur des tropiques, terreur des sept mers, félin des profondeurs, ne pouvait en aucun cas se faire escamoter une proie. Lui aussi avait une réputation à maintenir. Sans perdre un instant, Jonas se mit en mouvement. Tel un dauphin royaliste missionné, il usa de son puissant radar pour pister le sang frais. Ce gros gourmand qui ne pensait qu'à son ventre, fonçait droit dans le piège. À deux cents mètres, Jonas entama sa remontée. Son aileron qui ressortait de l'eau tranchait les vagues en deux. Biel le repéra et s'accroupit en prenant soin d'avoir un bon appui. Son cœur tambourinait, la tension était à son comble. Il n'était pas question de se louper cette fois-ci. Dans le cas contraire, ce serait l'estomac du mastodonte qui l'attendait.
Jonas qui se rapprochait vite se préparait à bondir sur sa proie. À trois mètres, il se jeta hors de l'eau la gueule grande ouverte. Au même moment, Biel, nu comme un ver, sauta par-dessus en poussant de toutes ses forces sur ses jambes. Leur croisement dans les airs ne dura qu'une fraction de seconde. Mais pour Jonas, ce fut comme un ralenti image par image. L'air hagard, il voyait défiler en

gros plan, les monstrueux attributs de ce brave capitaine. Ses yeux effarés ne pouvaient se détacher de ce membre disproportionné qui finit par lui effleurer le crâne. Ce jour-là, en plus du traumatisme subi, il ressentit un complexe, qui jusqu'au jour de sa mort, allait le hanter. Notre pirate exhibitionniste atterrit dans l'eau et nagea sans demander son reste. Pendant qu'il crawlait vers la plage, il avait clairement vu son harpon branler. Ce qui signifiait que son piège avait fonctionné. Arrivé sur le sable chaud, fou de joie, il se retourna pour admirer le carnage. Il allait bientôt se délecter d'une belle grosse brochette de poisson. Et c'est là qu'il se déboîta la mâchoire et qu'un de ses yeux sortit de son orbite. Incroyable, je vous le jure, Jonas était bel et bien vivant. Encore plus que jamais ! Là encore, vous me croirez ou vous ne me croirez pas, mais il était tranquillement occupé à se curer les dents. Comme si de rien n'était, cet énorme tronc taillé sur mesure pour le transpercer de part en part, lui servait de cure-dent. Avant de reprendre sa route l'air de rien, Jonas ne manqua pas de saluer Biel en remerciement pour cette délicate attention.

- Triple Dieu ! Par la malepeste ! Tu ne mourras donc jamais satanée poiscaille ! dit-il avant de s'effondrer en larmes.

Une semaine passa suite à cette tentative avortée. Vu qu'il semblait être condamné à vivre sur cette île pour un sacré moment, le capitaine décida d'améliorer son confort. Non seulement cette activité le maintiendrait occupé, mais en plus, ça l'empêcherait de sombrer dans la folie. Il commença par la construction d'une petite cabane, puis par l'élaboration d'un feu de camp. Il pouvait désormais dormir confortablement, sans que les crabes ne viennent lui pincer les fesses. Maintenant qu'il possédait le feu, il devait songer à son alimentation. Se nourrir de banane n'était pas suffisant. Alors le lait de coco, je ne vous en parle même pas, trop laxatif. Et les crabes me direz-vous ?! Eh bien, ils étaient trop petits pour être nutritifs, plus de carapace que de chair. Par chance, son ingénieux cerveau se mit rapidement au travail. Très vite, il eut une solution à son problème. Lors de ses soirées au coin du feu, il s'arrachait les poils un à un. Il commença par retirer ceux de son torse velu avant de s'attaquer au reste du corps. Le procédé exigeait précision et dextérité, mais surtout et avant tout, beaucoup de courage. Sur le moment, la douleur était si atroce, qu'il aurait préféré être pendu à Port-Royal. Mais le plus terrible pour lui, c'était cette sensation de perte de virilité. Si vous lui aviez dit à l'époque, qu'il était précurseur d'une nouvelle mode, il vous aurait très certainement démembré sur-le-champ. Bref, si son idée avait le succès escompté, en nouant tous les poils, il devait obtenir un solide fil de pêche.

Un jour, au petit matin, après une nouvelle soirée de torture, notre pirate fut brutalement réveillé par un bruit étrange. Un bruit identique à un fracas. Il observa tout autour de lui et sursauta quand il posa son regard en direction des roches du bord de mer. Il y vit, non loin dans la mer, un corps de femme flotter.
Une femme ! Ici ? Mais quel miracle !
N'écoutant que son courage. Bon d'accord, n'écoutant que son courage et ses hormones, il se jeta à l'eau pour la sauver. Enfin une compagnie plus charmante que celle de cet affreux Jonas. Que d'excitation à l'idée de

partager sa détresse avec cette nouvelle venue. Surtout qu'en la sauvant, il pouvait compter qu'elle serait à jamais son obligée. Pourvu qu'il ne soit pas trop tard ! Pourvu qu'elle soit encore en vie !
Il nagea jusqu'à elle, et la retourna avec vigueur dans ses bras.

Splouf !

Quelle horreur !
La tête aux longs cheveux verts de cette jolie demoiselle venait de se détacher de son corps inerte. Elle tomba à l'eau sous le regard dépité du pauvre Biel. Durant un bref instant, il resta pantois à observer cette tête poilue flotter. Ensuite, il la rattrapa.

- Morbleu ! Par les cornes du boucanier ! Mais qu'est-ce que… s'étonna ce bon vieux capitaine.

Cette tête qui n'en était pas une n'était autre qu'une simple noix de coco recouverte d'algues visqueuses. En y regardant d'un peu plus près, il constata que le corps qu'il serrait dans ses bras n'était autre qu'un tonnelet de chêne. En guise de membres, quatre planches y avaient été fixées. Le tout, judicieusement recouvert d'un vieux bout de voile. À ce moment précis, le capitaine réalisa qu'il se trouvait au milieu d'un guet-apens.
Par instinct de survie, Biel s'enfuit aussitôt sous l'eau. Et quelques fractions de seconde plus tard, Jonas bondit hors de l'eau. Les deux tonnes du monstre marin passèrent à quelques centimètres du capitaine et le ratèrent de justesse. Biel se réfugia d'emblée parmi les rochers tout en réalisant avoir, encore, évité le pire.

Humilié d'avoir raté une cible aussi facile, le requin à l'air bougon tournicotait autour de son leurre. Au bout de quatre rondes et juste avant de l'engloutir, il explosa la barrique de sa queue. Faut le comprendre le pauvre, sa fierté venait d'en prendre un coup. Il aurait été impossible pour Jonas de repartir sans une dernière démonstration de force.

- Foutue poiscaille vérolée ! Les singes montrent leurs fesses. Tu as voulu me berner avec un faux corps ? Bien malin pour un gredin des mers ! Par Poséidon le boiteux ! Bien joué maudit forban ! T'as bien failli m'avoir. Que les sirènes des abysses te maudissent ! cria Biel.

En effet, le capitaine avait vu juste. Jonas avait passé plusieurs nuits à fouiller les fonds marins afin d'assembler son mannequin. Aussi incroyable que cela puisse paraître, ce requin-tigre venait, lui aussi, de mettre en place son plan machiavélique.

Ce jour-là, Biel se résigna à ne plus jamais mettre les pieds dans l'eau. Lui aussi avait sa fierté, et sa fierté de pirate lui interdisait de finir en carpaccio dans l'estomac d'un requin. Surtout dans l'estomac de celui-là !

Le capitaine prit la décision d'abandonner la piraterie et de vivre paisiblement sur son îlot. Il termina son fil de pêche et y attacha un hameçon qu'il façonna dans le bois. Dès les premiers essais, sa pêche était extraordinairement fructueuse. L'odeur pestilentielle de son fil semblait avoir un pouvoir d'attraction hypnotique sur la faune marine. Il attrapait tellement de poissons, qu'il dût construire un gigantesque bassin pour tous les stocker. Désormais, il pouvait rassasier son estomac de poisson frais.

Biel consacrait la majorité de son temps à la pêche et à la sculpture. Ces deux activités étaient devenues ses passions. Au fil des jours, le capitaine était devenu un véritable artiste. Il pouvait fabriquer tout ce dont il avait besoin, que ce soit une table, un lit ou encore des chaises. En outre, il se créa un magnifique jeu de cartes en stipe de palmier. Quant à ses soirées, il les passait au coin du feu à faire des réussites ou à contempler les étoiles. La belle vie quoi !
Tandis que notre pirate s'installait dans sa nouvelle vie de Robinson, Jonas, lui, rôdait toujours dans les parages avec comme unique obsession de croquer ce bon vieux capitaine.

De nombreuses années s'écoulèrent. L'ex-pirate menait toujours tranquillement sa petite vie, et le vieux requin tournaillait sempiternellement.
Seule la faune marine des alentours avait vraiment changé. Dans la zone, les poissons commençaient à se faire rares. La pêche miraculeuse de Biel semblait avoir dépeuplé la mer sur plusieurs kilomètres. Et à cause de ça, le pauvre Jonas manquait effroyablement de nourriture. Malgré le fait qu'il s'affaiblissait de jour en jour, ce requin était bien trop buté que pour abandonner la mission qu'il s'était donnée. Le capitaine qui n'avait d'autre compagnie que celle de cette foutue poiscaille remarqua l'agonie de son compagnon d'infortune. Ne souhaitant pas se retrouver seul au milieu de nulle part, il décida de partager les poissons de son bassin avec Jonas. Ainsi il le sauva de la famine.

Au fil du temps, les deux anciens ennemis apprirent à se connaître et lièrent une véritable amitié. Faut dire, ils coexistaient depuis si longtemps, qu'ils n'avaient nullement besoin de parler pour se comprendre. Ils communiquaient du regard. C'est d'ailleurs de cette manière que notre pirate retraité apprit à son nouvel ami à jouer aux cartes.

Ils jouèrent ainsi jusqu'à la fin de leur existence, tout en buvant de la liqueur de coco autour de leur feu de camp.

Et vous me croirez ou vous ne me croirez pas, mais il se conte encore en ce jour, qu'il existe sur un tout petit bout de terre perdu au milieu des océans, les ossements d'un homme et d'un requin, assis côte à côte, face à un jeu de cartes.

Voilà moussaillon !
Ainsi fut la vraie vie de celui que l'on nommait *el encantador ogro*, le légendaire Capitaine Biel.

Tavernier ! Par Poséidon le boiteux ! Une bouteille de rhum pour mon ami !

Le vieux conteur se leva de son tabouret en faisant un clin d'œil à son interlocuteur. Il rejoignit le comptoir de la taverne et y retrouva une séduisante femme d'âge mûr qu'il charma d'un simple sourire. Cet homme charismatique, portait à son ceinturon, de somptueux couverts, sculptés dans des dents de requin.

Le caprice du dragon

Il y a bien longtemps, sur des terres aujourd'hui disparues, se trouvait un royaume fantastique, Ezhert. Ces terres étaient gouvernées par le roi Tancrède et sa petite fille, la princesse Cyrielle âgée de six ans. La reine, épouse du roi, avait perdu la vie en mettant au monde ce gros bébé. Le roi Tancrède, fragilisé par la perte de son épouse, cédait toujours aux moindres désirs de Cyrielle, pensant, en agissant ainsi, combler le vide laissé par la perte d'une mère. Mais, au contraire, ça avait fait d'elle une petite fille très capricieuse, jalouse et extrêmement insolente. Elle était devenue odieuse.

La jeune princesse, un peu ronde à force de manger des sucreries, avait l'habitude de réclamer, au fil du temps, des choses invraisemblables. À six ans, elle possédait toutes les poupées du royaume, plus aucune petite fille ne pouvait jouer à la poupée, car seule la princesse en avait le droit.

Elle avait aussi reçu une centaine de chevaux de toutes espèces existantes. Ces pauvres bêtes restaient enfermées depuis trois ans dans leur enclos, car depuis, Cyrielle avait eu bien d'autres caprices.

Une petite fée des bois avait même été capturée et mise en cage pour lui être offerte lors de son quatrième anniversaire.

Un soir, pour l'endormir, son père lui conta l'histoire d'un dragon vivant dans une grotte de volcan situé à l'autre bout du royaume. Son récit voulait que ce dragon soit spécial. Il était la sagesse incarnée et avait le pouvoir de parler toutes les langues de l'univers.

Il ne fallut pas longtemps, dès le petit matin, pour que Cyrielle se mette en tête de vouloir ce dragon sacré. Son père expliqua à la petite qu'il était impossible de capturer un tel animal. Ce dragon était une légende, personne ne l'avait vu, car il l'avait inventé de toute pièce. Mais la princesse n'en avait que faire, elle se mit dans une colère folle. Complètement hystérique, elle se jeta au sol, en gigotant dans tous les sens, elle hurla, hurla :

- JE VEUX LE DRAGON ! JE LE VEUX ! JE LE VEUX ! C'EST MON DRAGON ! APPORTE-LE-MOI ! MAINTENANT !

Son père désespéré, surtout dépassé par son enfant, ne savait comment la raisonner, il essaya en vain de la faire changer d'envie. Mais rien n'y faisait, elle devenait totalement ingérable.

Elle commença à sauter partout, la salle des fêtes devint son champ de bataille, sautant sur la table, elle donnait des coups de pied dans la montagne de verres, qui y avaient été soigneusement empilés par les serviteurs royaux, elle s'agrippait aux rideaux, s'y balançait jusqu'à les arracher de leur tringle. En criant sans cesse d'une voix stridente :

- MON DRAGON, OÙ EST MON DRAGON ? JE VEUX MON DRAGON !

Tancrède, résigné, l'attrapa par les bras, se mit à genoux pour être à sa hauteur, la regarda dans les yeux et lui dit d'un ton agacé :

- Très bien ma petite princesse, je vais te le ramener, calme-toi maintenant, je vais partir avec mon armée au pied de ce volcan et je te ramènerai ton dragon.

La petite fille satisfaite d'entendre ce qu'elle désirait, se retourna, se dirigea vers la salle des poupées en gambadant les bras gesticulants.

Tancrède fit construire une énorme cage d'acier, suffisamment grande pour contenir vingt chevaux. Il réunit ses meilleurs cavaliers. Au nombre de deux cents, ils partirent en quête du dragon légendaire. Mais tout n'était que mascarade pour gagner un peu de temps, espérant ainsi que sa fille finisse par passer à une autre lubie. Le roi, qui avait eu jadis un passé glorieux, guida vaillamment son armée à travers son royaume.

Après une semaine de chevauchée, ils croisèrent un petit groupe d'enfants, cinq petites filles en pleurs, assises en rond sur le côté du chemin. Le roi intrigué arrêta sa course et descendit de son cheval, il s'approcha du groupe de fillettes, et leur demanda quelle était la raison de leur tristesse. Les petites filles lui expliquèrent :

- De vilains soldats sont venus chez nous, ils nous ont pris nos poupées, nous ne pouvons plus jouer avec maintenant.

Tancrède gêné par la situation, sachant qu'il en était le responsable, remonta sur son cheval et continua la route. Plusieurs jours passèrent, il arriva avec son armée sur une terre aride et poussiéreuse, le territoire conté par sa légende. Un endroit, où seul le bruit des roches dégringolant du volcan se faisait entendre. Prudemment, le roi et son armée avancèrent sur un sol instable jusqu'au pied du volcan. La chaleur commençait à devenir pesante, seul un étroit chemin caillouteux menait vers la cime du volcan, Tancrède désigna ses cinq guerriers les plus fidèles et, ensemble, ils grimpèrent à la recherche d'une grotte. Il fallut deux heures de marche intensive avant d'apercevoir une ouverture dans la roche. Cette ouverture était bloquée par un petit geyser. Le roi ne voulant pas faire prendre de risque à ses soldats décida d'entrer seul. Il sauta au-dessus du geyser et pénétra à l'intérieur. Il y faisait sombre et l'air était humide. Épée à la main et torche dans l'autre, il avança prudemment. Quand tout à coup, il tomba sur un vieil homme. Ce vieil ermite semblait être seul. Il était vêtu

de blanc et dessinait un dragon blanc sur la paroi de la grotte.
Le roi s'approcha du vieil homme en rangeant son épée dans son fourreau.

- Bonjour, mon brave, je suis à la recherche d'un dragon. Attendez ! Ce dessin en est un ! Vous en avez vu un ? Ils existent vraiment ? Dites-moi qu'ils existent ! Il faut absolument que j'en attrape un pour ma fille, sinon je ne répondrai plus d'elle. Alors, dites-moi, en avez-vous déjà vu un ? demanda Tancrède.

Le vieil homme se retourna vers le roi, en disant :

- Bien sûr qu'ils existent, vous ne le voyez pas ? Il y en a pourtant un ici… Rasmus, le dragon blanc.
- Ne vous moquez pas, vieil homme ! Je suis Tancrède, votre roi. Nous ne sommes que deux dans cette grotte et je ne vous parle point de votre fresque. Ma question est on ne peut plus sérieuse, dit le roi d'un ton agacé.
- En êtes-vous certain, mon bon roi ? Moi non plus, je ne vous parle nullement de ce portrait. Mais seul un cœur d'amour, généreux et rempli de bonté pourra rencontrer le dragon Rasmus. Il me semble à vous entendre que vous avez semé beaucoup de malheurs dans le seul but de satisfaire les caprices démesurés de votre chère enfant, rétorqua le vieil homme.

Il expliqua au roi qu'il fallait réparer les erreurs commises par le passé et devenir une bonne personne.

Seule une personne pleine de bonnes intentions pouvait croiser la route du dragon légendaire. Tancrède, désabusé, salua le vieil homme et repartit auprès de ses soldats.

Pendant la descente du volcan, le roi repensa aux paroles entendues. Il réfléchit longuement sur son passé, aux torts qu'il avait causés par caprices de sa fille. Il songea aux petites en pleurs croisées plus tôt dans la semaine.

Lorsqu'il fut de retour au palais, la petite princesse excitée à l'idée d'avoir son dragon courut vers son père, mais lorsqu'elle aperçut la cage vide, les traits de son visage commencèrent à se plisser, pour passer de la joie à la colère. Elle se mit à taper du pied. Les poings serrés, se mordillant les lèvres, le visage rouge de colère, elle ouvrit la bouche et hurla :

- PAPA ! OÙ EST MON DRAGON !

Tancrède prit sa fille par la main, avant qu'elle ne se mette à rouler au sol comme à son habitude. Il essaya de la calmer, mais rien n'y faisait, elle se mit à pleurer, ne cessant de réclamer le dragon tant désiré.

- Écoute-moi Cyrielle, tu ne peux voir et encore moins recevoir le dragon. Nous n'avons pas été très sages. Toi, tout comme moi, nous avons fait beaucoup de mal. Je n'ai pas fait ce que j'aurais dû. J'ai cherché la facilité en acceptant toutes tes volontés. Je m'excuse ma petite princesse, tu es devenue trop exigeante, trop capricieuse, et ce par ma faute. Tu sais, à chaque fois que tu prends quelque chose, que ce soit un objet ou autre, ailleurs, c'est un autre qui en sera privé. Pour cette raison, nous devons toujours bien réfléchir avant de prendre.

Tancrède lui raconta en détail avec beaucoup d'affection son voyage. La rencontre des cinq fillettes en pleurs, le mystère autour de Rasmus le dragon invisible, mais surtout sa discussion avec le vieil homme de la grotte. Les paroles du roi avaient pu adoucir l'humeur de sa fille. Déçue, triste et boudant, elle ne disait plus un mot.

Le roi se dirigea avec sa fille devant l'entrée du palais. Il s'y trouvait une enfant œuvrant au tressage d'un panier. Il lui présenta cette enfant, elle s'appelait Emma, les deux petites firent connaissance et jouèrent ensemble. Emma conta l'histoire de sa poupée à Cyrielle. Elle exprima sa profonde tristesse de ne plus l'avoir près d'elle. Elle raconta le passage de soldats, venus en plein milieu de la nuit, pour kidnapper sa poupée. Sa poupée lui permettait de s'endormir paisiblement, et depuis sa disparition, les cauchemars hantaient ses nuits.
Quelques heures plus tard, Tancrède prit sa fille dans ses bras. Ils dirent au revoir à la fille qui reprit le tissage de son panier.

Repensant aux dessins du vieil homme représentant des étalons, Tancrède eut une idée. Ils se dirigèrent, tous deux, vers l'enclos à chevaux de Cyrielle.

- Si tu désires voir le dragon, ma petite Cyrielle, nous devons comprendre et réparer nos erreurs, regarde tes chevaux, princesse, que vois-tu dans leur regard, dans leur attitude ? demanda son père.

La petite fille, le visage ronchonnant, répondit qu'ils paraissaient tristes, ils restaient immobiles, sans bruit, les yeux vides, regardants au loin.
Le roi posa la petite princesse sur le côté, s'approcha de la barrière fermant l'enclos. Il expliqua à sa fille que ses chevaux étaient tristes d'être privés de leur liberté et de n'avoir aucune attention. Il lui demanda de rester sage. Si elle voulait rencontrer le dragon, elle devait observer. Le roi saisit la barrière, et d'un geste vigoureux, ouvrit l'enclos. Les chevaux se mirent à hennir, à faire des ruades, et s'échappèrent au galop. Hors de l'enclos, les chevaux jouaient et se donnaient mutuellement de l'affection.
Étrangement, la petite fille ne se mit pas en colère, mais au contraire, rigolait. Les joyeuses culbutes de ces fiers destriers la rendaient heureuse. Elle courut vers son papa et sauta dans ses bras, en lui faisant un énorme bisou sur la joue. Ils regardèrent un moment les chevaux s'amuser avant de rentrer souper.

Le soir, Cyrielle allant se coucher dans son vaste lit, passa devant la cage de la fée. Repensant aux chevaux dans l'enclos, elle vit la tristesse et le vide marqués sur le visage de la fée. La princesse s'approcha, et comme son père avec les chevaux, elle ouvrit d'un geste vigoureux la cage en disant :

- Tu es triste, je suis désolée, je t'ai privée de ta liberté et je n'ai pas été capable de t'apporter l'amour dont tu avais besoin. J'espère qu'un jour tu sauras me pardonner, petite fée. Va ! Tu es libre maintenant.

La fée timidement se leva, alla jusqu'à l'ouverture de la cage, regarda longuement Cyrielle dans les yeux, pensant à une fourberie de sa part. Cyrielle, à l'aide de son petit sourire et de ses yeux humides d'émotion, transmit sa sincérité à la fée.
D'un battement d'ailes, la fée s'éleva dans les airs, s'approcha du visage de Cyrielle et lui fit un baiser sur le front. La princesse, joyeuse, s'avança jusqu'à la porte en cristal de roche menant au balcon de sa chambre, l'ouvrit, et laissa s'envoler à tout jamais la petite fée.

Au milieu de la nuit, la petite princesse fut réveillée par un drôle de bruit provenant de l'extérieur. Intriguée, elle se leva et se dirigea vers son balcon. Elle écarta discrètement les rideaux, et là, surprise, Cyrielle vit la fée. Elle était venue avec une multitude d'autres pour la remercier de son geste. Durant une heure, les fées jouèrent de la musique et dansèrent devant la princesse, puis disparurent dans un nuage de poussière étoilé.
La petite princesse éblouie par la beauté du spectacle féérique se rendormit paisiblement, la joie dans le cœur.

Le lendemain matin, lors du déjeuner, Cyrielle raconta à son père avec excitation ce qui lui était arrivé la veille. La merveilleuse surprise des fées des bois, organisée pour elle en remerciement, lui avait procuré une joie immense.

- Tu vois ma princesse, le partage de ta gentillesse te rend heureuse, mais en plus, elle apporte le bonheur aux autres, dit son père.
- Papa, Emma, si elle n'a plus sa poupée, est-ce à cause de moi ? C'est moi qui ai sa poupée, papa ? demanda Cyrielle
- Je crains que oui, ma fille. Tu désirais tellement avoir toutes les poupées du monde, que tu as fini par les avoir. Mais comme j'ai dit hier, si tu prends une poupée, tu empêches une autre fille de l'avoir, répondit-il.

Cyrielle était dès lors excessivement calme et pensive. Durant toute la matinée, elle pensa et repensa à sa nouvelle amie, en avait même oublié l'existence du dragon. Elle prit conscience de la peine occasionnée à Emma pour sa propre satisfaction. La petite princesse décida d'elle-même qu'il était temps de mettre un terme à tout ça. Elle se leva, retroussa ses manches et d'un pas décidé, alla voir son père.

- Papa ! papa ! j'aimerais voir Emma et tous les autres enfants du royaume avec le sourire, qu'ils soient tous heureux. Je souhaiterais rendre à tous ces enfants leur poupée et aussi partager avec eux tous mes autres jouets.

Dès midi, le roi fit rendre par ses soldats, à tous les enfants d'Ezhert, les poupées qui avaient été prises, ainsi qu'un jouet supplémentaire accompagné d'un petit mot, contenant les excuses de Cyrielle et de son père.
Quant à la princesse, elle se présenta en personne à Emma. Elle lui rendit sa poupée et demanda pardon. Elle

voulut offrir un autre jouet, mais Emma refusa. Sa nouvelle amitié avec la princesse Cyrielle lui était largement suffisante.

Tous les enfants du royaume d'Ezhert étaient heureux, les petites filles jouaient avec leur poupée, les petits garçons avec leur nouveau jouet. Les rires de joie retentirent à travers tout le royaume du roi Tancrède.

Cyrielle grandit. Plus jamais elle ne fit de caprice. Elle avait compris, du fond de son cœur, que son partage et sa générosité envers les autres répandaient le bonheur dans son entourage. Elle en était épanouie.

À ses seize ans, elle fit construire un énorme parc fleuri, rempli de jeux d'enfants. Chaque semaine, des spectacles somptueux y étaient donnés. Ainsi Ezhert devint le royaume le plus accueillant.

La petite princesse qui jadis était capricieuse était devenue une grande princesse au cœur pur.

La nuit de ses dix-huit, la princesse Cyrielle sortit prendre l'air sur son balcon. Elle leva la tête pour admirer les étoiles, et vit au loin, une lueur étrangement étincelante.
La lumière se rapprochait et devenait éblouissante. La princesse ferma les yeux en mettant ses mains devant son visage pour se protéger. Quand un énorme souffle se fit ressentir. Lentement, elle baissa ses mains et ouvrit ses yeux.

Il était là, dressé fièrement devant elle. Il mesurait dix mètres de long et trois mètres de haut. Ses écailles étaient d'une blancheur éclatante, et de la base de son cou jusqu'à la pointe de sa queue, une rangée de cornes argentées décorait son dos. Ses yeux tels des miroirs reflétaient l'âme qui s'y regardait. Ces crocs acérés rappelaient sa puissance. Sous les yeux ébahis de la princesse Cyrielle, le dragon disparut. Le dragon blanc, Rasmus, n'était plus un mythe.

Rasmus

Dans une contrée lointaine, la neige d'un hiver rude tapissait le paysage. Il était tard dans la soirée, et à l'extérieur, le froid gelait la végétation dénudée.

Au pied d'une montagne rocailleuse se trouvait un foyer composé d'une mère et de ses deux fils. L'heure était venue aux petits bouts de se laisser bercer sous la chaleur d'un feu ouvert.

La mère assise à côté de ses enfants les embrassa sur le front.

- Allez, mes amours, il est temps de fermer les yeux et de faire un gros dodo. Demain, nous aurons une journée bien chargée et nous devons être en forme pour lutter contre ce vilain froid.

- Maman ! Maman ! S'il te plaît maman, une dernière histoire, juste une dernière, quémanda l'ainé.
- Oui, je t'en prie maman, juste une dernière petite histoire pour faire de beaux rêves durant toute la nuit, insistèrent les deux enfants.
- Bon, d'accord ! Mais juste une et après, direct au lit et sans discuter. Alors, quelle histoire vais-je vous raconter ? demanda la maman.
- Rasmus ! Rasmus ! Maman raconte-nous l'histoire de Rasmus, dit le cadet.
- Très bien, mes chéris, c'est un très bon choix. C'est parti !

La mère ouvrit un vieux livre de cuir. Sa couverture représentait une plume tenue par une patte de dragon. Elle commença à lire.

Il était une fois, au beau milieu d'une forêt, un petit champignon pas comme les autres. Ce frêle eucaryote blanc avait un rêve. Un rêve qui faisait de lui la risée de tous ses petits congénères. Il était obsédé par une et une seule chose : devenir un dragon.
Solidement planté dans la terre, il était dans la totale incapacité de se mouvoir. Pour passer le temps et oublier sa vie maussade, il vaguait dans son imagination. Mais même ce petit être créatif ne se doutait que sa véritable aventure allait débuter par une rencontre inattendue.

Un jour de printemps, alors que notre petit champignon songeait sempiternellement à son rêve le plus fou, une belle et élégante jeune femme se promenait non loin.

217

- Bonjour toi. Dis donc, tu me sembles être un drôle de spécimen. Alors comme ça, tu voudrais être un dragon ? l'interpella-t-elle.

Le petit champignon qui ne pouvait que penser ne s'attendait pas à ce qu'une personne s'adresse à lui. Mais ce qui l'intriguait le plus, c'était de savoir comment elle avait pris connaissance de son désir le plus ardent. Était-elle une de ces viles sorcières qui rôdaient dans les bois à la recherche d'ingrédients rares pour leurs affreux maléfices ?

- Pauvre petit bout ! Tu n'es pas très bavard. Tu as pourtant énormément de choses qui envahissent ton esprit, dit la jeune femme. Attends un instant, je vais arranger ça.

La femme se pencha juste au-dessus de lui, et posa le bout de son index sur son petit chapeau blanc. Elle ferma les yeux et se concentra. Lorsqu'elle ouvrit à nouveau les yeux et retira son index, le petit champignon blanc possédait des bras et un visage. Il avait de tout petits yeux mauves et une toute petite bouche avec de toutes petites lèvres. Ensuite, l'étrange femme afficha un sourire et récita une phrase dans une langue inconnue.

- Voilà qui est fait ! Tu peux parler maintenant. Vas-y, n'aie pas peur, lance-toi, insista-t-elle.

Le champignon tenta timidement de faire sortir un son de son corps. C'était pour lui la toute première fois. Il ne fallait surtout pas que l'air s'échappe du mauvais côté. Face à cette belle et mystérieuse magicienne, quelle déconvenue cela serait. Lentement mais sûrement, le petit champignon commença à bouger les minuscules lèvres de sa minuscule bouche.

- Bon... bonjour, s'essaya-t-il timidement.
- Bonjour à toi, dis-moi, quel est ton nom ? Je ne vais pas éternellement t'appeler petit champignon blanc des forêts, n'est-ce pas ? Tu as bien un nom ?
- Je... je ne sais pas, je n'y ai jamais réfléchi, répondit-il.

La jeune femme se redressa, regarda le ciel et posa son doigt sur sa bouche comme pour réfléchir.

- Mmm, il te faudrait un nom qui colle avec ta personnalité, mais aussi avec tes songes. Autant dire que ce n'est pas une tâche facile facile. Je sais ! tu t'appelleras, Rasmus ! Ça te convient ? demanda la jeune femme.
- Rasmus ?! Oui, ça me plaît, en fait, j'adore ! Merci beaucoup, mais toi qui es-tu ? Es-tu une sorcière ? D'où te viennent tous ces pouvoirs ?

Tant de questions perturbaient Rasmus.

- Excuse-moi. Il est vrai que je manque à mes obligations, j'ai omis de me présenter. Je suis Felyna, et non, je ne suis pas une sorcière. Je suis un petit peu plus que ça. Je suis une déesse de l'amour, et je sens que ton cœur en est rempli. C'est lui qui m'a guidé jusqu'à toi. J'étais curieuse et j'avais besoin d'en savoir plus sur ce vaillant

champignon qui désire tant être un dragon. Alors, Rasmus, dis-moi, pourquoi donc un dragon ?
- Dans mon esprit, le dragon est un animal fier et libre. Libre de voler où bon lui semble. Pour moi, c'est un être noble, un digne représentant, à la fois de la puissance et de la sagesse. Depuis toujours, je regarde les cieux en m'imaginant y déployer mes puissantes ailes. Tout comme le dragon, j'aimerais être libre. Libre d'aller où bon me semble pour acquérir la sagesse et venir en aide à ceux qui en ont besoin.
- Je ne me suis pas trompée à ton sujet, tu as un grand cœur, et ça mon jeune ami, c'est tout à ton honneur. Que je réfléchisse, comment pourrais-je te guider sur la voie de tes rêves ? Mmm, ça y est ! Je sais ! Toi et moi, nous allons faire un pacte. Je vais te proposer une quête, et ce sera la quête de ton destin. Chaque étape te rapprochera de ton rêve. Mais prends garde, cette quête sera longue et périlleuse. Elle te fera voyager à travers le temps, mais aussi à travers l'espace. Penses-y bien avant de me donner ta réponse.
- Si de par cette aventure, j'ai l'occasion de devenir un dragon, j'accepte sur le champ.
- Bien ! s'exclama Felyna. Alors, ne perds pas une minute de plus. Du travail t'attend. Il est temps pour toi de partir.

Felyna farfouilla dans sa poche et sortit un objet qu'elle tendit à Rasmus.

- Prends cette fiole avec toi. Dans cette fiole se trouve un remède puissant qui soigne tous les maux. Un jour, il te sera utile. Sois prudent Rasmus, l'univers est plus dangereux que cette forêt.

Felyna souffla sur le petit champignon.

Rasmus disparut.

Notre champignon voyageur réapparut des siècles plus tard dans la même forêt. Pour être plus précis, trois mille ans s'étaient écoulés depuis sa rencontre avec Felyna. Rasmus avait sauté dans le temps.
En premier, le petit voyageur devait s'assurer d'être toujours en un seul morceau. Il valait mieux s'assurer de ne pas avoir perdu un bout en chemin.
Alors qu'il palpait minutieusement chaque partie de son corps, une grosse main poilue l'arracha du sol et le jeta dans un sac.

Enfermé dans l'obscurité la plus totale, Rasmus revit la lumière lorsque son ravisseur versa le contenu de sa besace. Le frêle eucaryote fit des roulés-boulés et finit affalé sur une table de cuisine. Étourdi par sa chute, il se trouvait entre des œufs d'autruche et une monstrueuse motte de beurre.
Rasmus reprit ses esprits et regarda autour de lui. Dans la pièce, un géant farfouillait dans un tiroir à la recherche d'un objet.
Au vu des aliments disposés sur le plan de travail, ce géant à l'appétit d'ogre allait se préparer une bonne omelette, et Rasmus, devait en être l'ingrédient vedette.

- Hé toi là-bas ! Le gros barbu ! Je ne suis pas comestible ! s'écria Rasmus.
- Qui parle ? Voilà que j'entends des voix, dit le géant tout en redressant la tête.
- Regarde derrière toi, sur ton plan de travail ! Je suis là, retourne-toi.

Le géant s'exécuta et se retourna. Il tenait dans sa main un couteau bien aiguisé. Il se rapprocha de la table de cuisine et se baissa légèrement. Les yeux plissés, il scrutait d'où pouvait bien venir cette voix.

- Mmm ! Où ça ? Je ne vois rien. Qui se joue de moi ? s'énerva-t-il
- Penche-toi un peu plus et regarde près des œufs !

Rasmus, debout et immobile entre les œufs et le beurre, affichait un large sourire sur son visage. Ce visage souriant, en réalité, ne servait qu'à masquer la peur. Mais son regard fuyant le trahissait. Ses yeux faisaient tout pour éviter de croiser ceux du colosse barbu.

- Mais tu es un champignon ?! Comment peux-tu être vivant ? Comment fais-tu pour parler ? s'étonna le géant.
- Enfin, tu me vois ! Eh oui, nous les champignons, nous avons toujours été vivants, mon brave géant. C'est juste que dans mon cas, j'ai eu la chance de croiser une charmante personne qui m'a offert ce visage. Je me présente, Rasmus le champignon blanc, mais pas pour longtemps si tout se passe comme prévu. Et toi, qui es-tu ?

- Mon nom est Goreg et je ne suis personne. Je vis isolé du village depuis mon enfance. Les villageois ont peur de moi, ils disent que je suis un monstre et que je mange des enfants. Dis-moi, tu veux être ami avec moi ?
- Tu n'as pas l'air si monstrueux que ça. Mais ôte-moi de tout doute, tu ne manges pas vraiment des enfants n'est-ce pas ? … Je me joue de toi Goreg. Bien sûr que tu ne manges pas les enfants, tu n'as pas le visage d'un homme cruel. Tu sais, les gens ont trop de préjugés, beaucoup ont peur de ce qui est différent. Mais je suis certain que ton rêve se réalisera, et ce, tout comme le mien. Mais dis-moi, quel est ton rêve ?
- Mon rêve est d'avoir un ami avec qui passer mon temps. Une famille à chérir et à protéger. Mais c'est peine perdue. Ça ne pourra jamais se réaliser. Tout comme toi, je suis différent. Mais la différence, c'est que moi, tout le monde me déteste. Regarde-moi, je suis un monstre.
- Tu es grand et fort, mais tu n'as rien d'un monstre. Tu es juste plus grand que les autres. Peut-être un peu brut de décoffrage, mais tu n'as absolument rien d'un monstre. Je peux te l'assurer. Une petite voix me dit que la solution à ton problème se trouve non loin d'ici. Reste toi-même et garde confiance. Nous avons tous quelqu'un, quelque part, qui nous est destiné. Et tu ne dérogeras pas à cette règle.

Goreg se retourna et se dirigea vers la fenêtre de la cuisine. Pensif, il observait la forêt qui les entourait.

- Non loin d'ici dis-tu ? murmura Goreg. J'ai ouï dire que je n'étais pas seul à vivre dans ces lieux. Peut-être que ce petit garçon existe vraiment. Peut-être est-il lui aussi est rejeté. Peut-être est-ce de lui que tu parles. Je pourrais peut-être l'aider et devenir son ami, qui sait ?
- Je vais te faire un cadeau, je pense que tu en auras plus besoin que moi. Je te laisse cette fiole de cristal qui m'a été offerte par une déesse. C'est un remède magique, comme tu vis isolé de tous, cela te sera sûrement utile en temps voulu.

Goreg se rapprocha de Rasmus, prit la fiole et la rangea dans une petite bourse de cuir. Pour le remercier, le géant voulut lui offrir un présent à son tour. Il retourna fouiller dans un de ses tiroirs et revint vers lui.

- Ce n'est pas grand-chose, mais vu que tu es minuscule, cela pourrait vraiment te servir. Voici une bourse magique que j'ai gagnée en jouant au lancer de roches avec un troll. Je ne m'en servirai jamais, je ne me sépare jamais de ma besace de cuir, c'était un cadeau de ma défunte mère. Ainsi, je veux que tu la prennes. Sache que cette bourse à une particularité. Lorsque tu la mettras à ta taille, elle s'adaptera à la tienne. Dedans, tu pourras absolument tout mettre, même un château si tu le désires.
Tout ce que tu y introduiras se réduira pour y prendre place.

Rasmus prit la bourse et la fixa sur à sa taille. Et comme l'avait annoncé le géant, la bourse se réduisit et s'adapta au corps du petit champignon blanc.

- Je te remercie vraiment du fond du cœur Goreg ! Cette bourse me servira, tu peux en être certain, car une longue quête m'attend. Goreg, tu as un cœur en or, n'en doute jamais, et moi, ton ami Rasmus, je ne t'oublierai jamais.

Les paroles sincères du petit champignon touchèrent profondément Goreg. Ne pouvant contenir plus longtemps ses émotions, il se retourna pour sécher discrètement ses énormes larmes de joie.
Ce monstre qui n'en était pas un venait de se faire un véritable ami.

- Nous allons célébrer ça, je vais préparer un bon repas ! J'espère que tu as grande faim ! dit Goreg.

Le géant tourna le dos à son nouvel ami et rejoignit ses fourneaux.

Rasmus disparut.

Notre champignon voyageur fit à nouveau apparition dans une forêt. Celle-ci était différente de la sienne. La végétation y était moins dense. Les arbres étaient exotiques et très anciens. Un large sentier, dur comme de la pierre et sombre comme le charbon, coupait la forêt en deux. D'étranges carrioles métalliques y passaient à vive allure. C'était très étrange, elles n'étaient nullement tirées par des chevaux. Mais que diable pouvait être cette sorcellerie. Où donc, avait-il bien pu atterrir ? Au bord de cette mystérieuse route obscure et puante se trouvait l'épave d'une carriole bleue.

Rasmus de nature curieuse, se dirigea vers la carcasse. À l'intérieur, il découvrit le corps d'une femme endormie. La pauvre était dans un triste état. Étendue à même la ferraille rouillée, cette femme semblait être en détresse. Inquiet, Rasmus se rapprocha et posa sa main sur son front pour s'assurer de sa bonne santé. Aussitôt qu'il posa la main sur elle, il fut frappé d'une terrible vision. Dans cette vision, il la vit s'ôter la vie. Ensuite, une série des chiffres apparurent dans son esprit. Cela ne pouvait pas être une coïncidence. Sans aucun doute, il existait une corrélation entre ces chiffres et le suicide de cette femme. Mais lequel ?
Rasmus se devait à tout prix d'empêcher l'irréparable, et ce numéro lui semblait être la clef. Afin de ne pas oublier cette série de chiffres, il décida de les graver sur un arbre. Le petit eucaryote ramassa un morceau de verre brisé et sortit pour rejoindre la forêt.

Il grimpa jusqu'à la première branche d'un arbre, et commença à graver le nombre à l'aide du bris de verre. Tandis que Rasmus gravait le dernier chiffre, une petite fée toute de rose vêtue se glissa dans son dos.

- Hola ! Dis donc toi ! que fais-tu à mon arbre ? Pourquoi tu abîmes ma casa ? s'énerva-t-elle.

Rasmus sursauta et lâcha le morceau de verre qui chuta jusqu'au sol.

- Ouf ! Tu m'as fait peur ! C'est ta maison ? demanda-t-il en se retournant.
- Si, c'est ce que je viens de dire, non ? répondit la fée.
- Et tu y habites toute seule ?
- Si porque ?
- Ce n'est pas un peu grand pour toi toute seule ? Hum, ça ne doit pas être évident pour le ménage, dit-il en observant la hauteur de l'arbre.
- Très drôle payaso ! Si, ça prend beaucoup de temps, mais là n'est pas la question ! Entonces ? Pourquoi abîmes-tu mon arbre ? C'est quoi ces numéros ?
- Pour tout dire, je ne sais pas vraiment. Mais cela doit avoir un lien avec la femme qui se trouve dans cette vieille carriole rouillée. J'ai aperçu ce numéro dans une vision lorsque je l'ai touchée.
- Laisse-moi jeter un coup d'œil, dit la fée rose.

D'un pas sûr, la petite fée rose s'avança vers Rasmus, et l'écarta de son bras afin de se frayer un chemin jusqu'aux chiffres.

« 9515317879 »

En se frottant le menton, elle les examinait avec attention.

- Ça, ça ressemble à un numéro de téléphone de Mexico. Ce numéro m'est familier, j'ai la sensation de l'avoir déjà vu, mais je n'arrive pas à me souvenir où ? s'interrogea-t-elle.

- Du Mexique ?! Dis-moi, c'est quoi le Mexique ?
- Madre mia ! Mais d'où tu sors toi ? Mexico es el pais !
- Pays !? Ce n'est pas la forêt d'Aestwood ici ?
- Aestwood? Hihihi, no, no señor, lo siento. Je n'ai jamais entendu parler d'une forêt s'appelant ainsi. Aqui mi amigo, c'est Mexico, le pays du soleil, de la fête et de la couleur.
- C'est vrai qu'il fait chaud ici et qu'il y a de la couleur partout ! Au fait, je me prénomme Rasmus et toi ?
- Moi c'est Felicita ! Encantada, Rasmus.
- Moi de même Felicita. Alors comme ça tu dis que ceci pourrait être un numéro de téléphone. Mais c'est quoi un téléphone ?
- Hihihi, gros nigaud, un telefono, c'est un appareil inventé par los humanos pour communiquer entre eux à distancia.
- Ouiiiiii, d'accord ! Je comprends ! C'est comme les pigeons voyageurs d'Astaroth !
- Hihihi, si, si tu veux. Pero con el telefono, ce n'est pas nécessaire d'écrire. Ils se parlent en vivo.
- C'est pratique ça. Je devrais en ramener un dans ma contrée.
- Bueno amigo Rasmus, revenons à notre énigme. Tu dis avoir vu ce numéro en touchant una chica.
- Oui, cette femme est en grand danger, j'en suis sûr. Je l'ai ressenti au plus profond de mon être, et je pense que ce numéro pourrait la sauver.
- Si, claro, ce numéro doit forcément avoir un lien. Hé ! Que te pasa Rasmus ?

Le corps de Rasmus s'estompait peu à peu dans une espèce de brume mystérieuse. L'heure était venue pour lui de reprendre son voyage.

- Comment ? Déjà ? Mais je n'ai pas fini ma tâche ? Je ne peux pas partir maintenant ! s'écria Rasmus.
- Que pasa Rasmus ? demanda Felicita
- Il semble qu'est venu, pour moi, le temps de partir.
- Vale, ne te préoccupe pas pour la fille Rasmus ! Je la guiderai jusqu'à ce numéro et je veillerai sur elle.

Rasmus disparut.

Son corps voyageait à travers l'espace-temps pour rejoindre la prochaine étape de sa quête.

Notre champignon voyageur débarqua à Gnomville, plus précisément sur la cheminée dans l'atelier de Bardruis. Bardruis n'était autre que le célèbre sorcier de la communauté gnome. Dans le coin gauche de son atelier, assis à son bureau, le sorcier feuilletait un vieux livre. Juste derrière lui, une étagère rustique lui servait de bibliothèque.
Le déplacement spatio-temporel s'était déroulé à merveille, cependant, une légère transformation s'était opérée. Une petite queue blanche avait pris place entre les fesses de Rasmus.
Seulement, voilà, à peine se réjouissait-il de cet heureux évènement, qu'une gnome désemparée entra dans la boutique. Elle tenait dans ses bras un gros bébé joufflu.

Rasmus se cacha derrière un des nombreux bocaux qui étaient disposés sur le plateau supérieur de la cheminée. Dans le silence le plus complet, il épia la conversation.

- Grand sorcier, aidez-moi. Mon mari est devenu complètement fou. Lui qui était si gentil, est devenu un monstre rempli de haine et de violence. Il ne cesse de hurler et de détruire ce qui l'entoure. Il va jusqu'à faire du mal à sa propre famille. Aidez-nous s'il vous plaît, je ne le reconnais plus, il n'est plus le gnome que j'ai tant aimé, expliqua-t-elle en pleurant.
- Son attitude s'est donc soudainement transformée. Savez-vous plus précisément depuis quand le comportement de votre mari a changé ? demanda Bardruis.
- Oui, cela a commencé il y a 3 mois. Le jour où nous sommes partis dans les bois pour pique-niquer avec nos enfants. La nuit de notre retour, Bargonius a eu une forte fièvre, et le lendemain, il avait changé.
- Bien, bien, bien, ça se précise. Dans un bois me dites-vous. Avez-vous mangé quelque chose de spécial ce jour-là ? Un fruit ou autre que vous auriez ramassé dans la nature ?
- Non, mais lors d'une promenade, mon mari, qui est un passionné de champignons, a fait une découverte.
- Un champignon qui lui était inconnu, j'imagine. Bien, bien, bien, dites-m'en plus sur ce champignon, demanda le vieux sorcier.
- Il avait la forme d'une truffe, il était noir comme du charbon. Mais le plus étrange, c'était cette

fumée mauve qui s'en dégageait lorsqu'on le pressait.
- Bien, bien, bien, et votre mari, a-t-il mangé de ce champignon ?
- Non, il ne connaissait pas cette variété, il savait qu'il ne devait pas le manger, que cela pouvait être toxique. Mais, il était comme obnubilé par lui. Il ne voulait pas le lâcher.
- Bien, bien, bien, et votre mari, a-t-il humé cette mystérieuse fumée mauve ?
- Oui, lorsqu'il a pressé le champignon, la fumée qui en est sortie s'est projetée sur son visage.
- Votre mari a été empoisonné par un champignon maléfique. Il est sous l'emprise d'une magie noire. Je ne sais si je pourrai vous aider. Je pensais que ces champignons, tout comme tant de légendes, n'existaient plus que dans mes vieux livres poussiéreux.

Bardruis se leva et trifouilla quelques instants parmi les bouquins de son étagère. Il en attrapa un, et retourna s'asseoir auprès de la jeune femme. Il posa le livre sur son bureau et l'ouvrit.

- Hum, pauvres bêtes ! Toutes ces merveilles de la nature aujourd'hui disparues. Le phénix, le morwak, le dragon. Tous anéantis par la main d'une seule espèce, les humains, dit-il en feuilletant son bouquin. Enfin, revenons à nos préoccupations ! ajouta-t-il.

Bardruis tourna les pages jusqu'à celle du fameux champignon maléfique. Il glissa son livre en direction de la jeune femme et pointa du doigt une illustration.

-Voyez ici, votre champignon ressemblait-il à cela ? demanda le vieux sorcier.
- Oui c'est exactement celui-là ! Ô grand sorcier, dites-moi que vous arriverez à libérer Bargonius de ce maléfice ?
- Je ne peux rien vous promettre. Je dois trouver un substitut à un des ingrédients. Comme je vous l'ai dit, les dragons ont tous disparu. Et il y a de ça, déjà bien longtemps. La recette du remède qui nous importe nécessite une de leurs écailles. Je dois donc trouver de quoi le remplacer.
- Je vous en prie, faites tout votre possible, vous êtes notre seul espoir.
- Je vais tout essayer, mais je ne peux vous garantir un miracle. En attendant, soyez très vigilante et ne prenez pas de risque inconsidéré. En cas de crise grave de la part de votre mari, fuyez-le. De mon côté, je vais m'atteler à ce remède.

Bardruis raccompagna sa cliente et se plongea dans sa littérature ésotérique à la recherche du substitut miracle. Mais malgré de nombreuses heures plongé dans ses livres, le sorcier n'avait toujours rien. Il lui fallait donc expérimenter. Il prépara les ingrédients du remède qu'il avait en sa possession et les jeta dans un chaudron. Il accrocha ce dernier à une chaîne suspendue au-dessus de l'âtre de sa cheminée. Pour venir en aide à cette famille gnome, il devait impérativement trouver ce satané ingrédient.

Pendant que le sorcier effectuait ses va-et-vient entre son bureau et son chaudron, Rasmus se figea sur sa petite queue et eut une pensée.
Et si jamais cette queue était apparentée à celle d'un dragon ? Alors ses écailles pouvaient peut-être convenir à la préparation du remède ?
Pour Rasmus cela valait le coup d'essayer. En serrant les dents et d'un geste vif, comme s'il s'agissait d'un sparadrap, il s'arracha une écaille de sa queue.
Il se faufila parmi les bocaux pour atteindre le centre du plateau, et attendit que le sorcier s'éloigne vers son bureau. Il se rapprocha du bord et se plaça dans l'axe du chaudron. Il lâcha son écaille qui tomba dans le récipient. Les ingrédients étaient enfin au complet.

Le mélange se mit à tourbillonner et fit vibrer le chaudron. Le barouf ne manqua pas d'attirer l'attention du sorcier.
Dans son bouquin, lorsque le mélange était réussi, il dégageait une épaisse fumée blanche, qui au contact de l'oxygène, devenait mauve.
C'était exactement ce qui se produisait devant lui.
Bardruis était étonné que le remède puisse se faire sans un de ses ingrédients, mais ne se posa pas plus de questions. Après tout, même les écrits des plus grands sorciers pouvaient comporter des erreurs. Tout ce qui lui importait était de venir en aide à cette famille en détresse.

Le petit champignon blanc, fier de sa réussite, était convaincu que sa queue était celle d'un dragon.

Rasmus disparut.

Notre champignon voyageur atterrit dans un couloir macabre. Un lieu sombre et humide, dont l'ambiance glaçait le sang à tous ceux qui osaient s'y aventurer. Il était clair que cette morne décoration ne pouvait être que le fruit d'un homme peu enclin aux plaisirs de la vie.
Rasmus prit conscience face aux canines acérées d'un monstre luciférien. Après avoir frôlé l'infarctus, le champignon blanc à la queue de dragon réalisa que cette bête était en fait déjà morte. Malgré tout, mieux valait rester sur ses gardes. Car même si cette bête n'était plus qu'un cadavre, l'odeur fétide qui émanait de son hideuse mâchoire, pouvait quant à elle, encore ajouter un tas de victimes à son tableau de chasse.

- Ouf, quelle odeur ! Sérieux ! ce n'est pas parce qu'on est un gros monstre terrifiant qu'il ne faut pas se laver les dents de temps à autre ! Merci de penser aux autres ! dit-il en grondant le cadavre. Toi mon gros, je t'ai déjà vu quelque part, ajouta-t-il en réfléchissant.

En effet, cette bête ressemblait à s'y méprendre à une des illustrations du bouquin de Bardruis, celle du morwak. Le petit champignon longea la bête et se dirigea vers le bout du couloir. Dans le fond se trouvait une porte en bois grande ouverte. Arrivé près de celle-ci, Rasmus croisa le cadavre d'un autre morwak. Une flèche était plantée dans sa poitrine. Quant à son crâne, il avait été fendu par une épée bien aiguisée. Rasmus passa la porte et entra dans la pièce.

Ossements et symboles sataniques ornaient les sombres murs de cette nouvelle pièce. Cet endroit, aussi lugubre que le couloir, était très certainement l'œuvre du même décorateur.

Une table taillée à même la pierre bleue dominait la pièce. Elle ressemblait à un autel. Au centre de cette table, un objet particulier retenait l'attention de notre petit voyageur. Rasmus prit son courage à deux mains, et de ses petits bras, il escalada l'imposante table de pierre. Arrivé au sommet, le champignon épuisé de sa grimpette reprit son souffle avant de poursuivre son exploration. Le plateau était jonché de bougies consumées, et parmi elles, il y avait un grimoire grand ouvert. Rasmus se glissa entre les bougies et se dirigea vers l'objet de sa convoitise. Mais malheureusement, à son approche la désillusion le gagna. Ce vieux grimoire de sorcellerie à la décomposition bien avancée était dans un piteux état. Ses deux extrémités, comme broyées pas des mains, étaient en charpie. Bref, il était clairement inexploitable.

Le visage de Rasmus affichait une énorme déception, lorsque de timides craquements se firent entendre.

Les bruits provenaient d'une estrade située au fond de la pièce. Sur cette estrade, il y avait un squelette poussiéreux assis sur un trône construit à partir de crânes de loups. Les craquements provenaient du cou de ce vieux tas d'os. Sa tête vacillait. Ses oscillations s'accélérèrent, si bien que sa nuque céda sous les yeux de Rasmus. Le crâne tomba. Il débola de l'estrade et roula sur le sol jusqu'à atteindre le pied droit de la table. Le grimoire éclata sous l'effet de la collision, et créa une épaisse fumée mauve. Cette fumée s'éleva dans les airs et forma une gigantesque spirale. Alors que celle-ci tournoyait dans les airs, la mâchoire du crâne s'ouvrait peu à peu. Les tournoiements s'accélérèrent et se changèrent en tornade. Le crâne ouvrit grand sa bouche, absorba la tornade et explosa à son tour. La poussière envahit la pièce. Rasmus qui n'y voyait plus rien dut attendre qu'elle se dissipe. Le crâne n'était plus, mais sur le trône, le squelette tenait dans ses bras le grimoire.

Rasmus descendit de la table et se dirigea vers l'estrade. Il escalada le tibia du squelette et feuilleta le livre. C'était bien le grimoire décomposé de la table, mais par Dieu sait quelle magie, il était en parfait état. Apparemment ce vieux squelette avait dû être jadis un magicien. Peut-être était-ce là son ultime sort afin que son œuvre perdure dans les âges.

Ce livre était un recueil de nécromanciens. Il renfermait une quantité astronomique de sortilèges et de recettes ancestrales. Tout y était retranscrit avec la plus grande des minuties. Ce tas d'os n'avait certes pas très bon goût en matière de décoration, mais en ce qui concernait le sens du détail, il n'était pas en reste. Rasmus prit la décision d'emmener ces écrits avec lui. En temps et en heure, cela pourrait s'avérer utile pour sa quête. Il comptait bien les étudier lorsqu'il en aurait le temps.

Le moment était venu de voir si Goreg disait juste. Le petit champignon blanc à la queue de dragon ouvrit sa bourse magique. Il dirigea son ouverture vers le grimoire. Ce dernier rétrécit et se fit avaler par une bourse gloutonne qui se referma juste après.

Rasmus disparut.

C'est dans l'auberge du dragon de la principauté d'Aubergin que tomba notre champignon voyageur. Ce bar miteux avait la triste réputation d'accueillir les plus fous dragons de l'univers. Rasmus aboutit sur un siège dont il avait peine à percevoir les limites. Une table en chêne, tout aussi démesurée, lui faisait face. Le pauvre n'était pas très à l'aise au milieu de cette immense assise. Il était évident que ces meubles n'avaient pas été conçus pour des petits champignons blancs, même si ceux-ci possédaient une petite queue. Non, bien sûr que non. Ils étaient destinés au confort de ces grosses bêbêtes que l'univers tout entier adulait et redoutait : les dragons.

Cela étant dit, une nouvelle mutation venait de frapper Rasmus. Sur le sommet de son chapeau, deux cornes avaient pris place. Telles les protubérances d'un bouquetin, elles étaient longues, larges et pointaient haut vers l'arrière. Mais sa mutation ne s'arrêtait pas là. Du bout de ses tout petits doigts, de ses toutes petites mains, étaient sorties de toutes petites griffes acérées.

Alors qu'il réfléchissait au moyen de quitter ce siège, l'obscurité se répandit autour de lui. Tout s'assombrissait. Rasmus leva la tête pour découvrir la cause de cette pénombre. À ce moment précis, il eut la pire vision de toute son existence. Deux fesses dodues de couleur turquoise fonçaient droit sur lui. Elles allaient, d'ici peu, le transformer en crêpe forestière. Le pauvre eucaryote avait beau hurler sa présence, rien n'y faisait. Cet énorme popotin étouffait le moindre son.

Quelle horrible fin que d'être écrabouillé par un gros derrière. Au moins, il aurait pu être propre et sentir bon ! Mais non bien sûr ! C'était trop demander que de quitter ce monde avec un minimum de dignité !

Enfin, il était maintenant trop tard pour empêcher cette tragédie. Sa quête et son destin allaient prendre fin dans la pestilence et la souillure.
Les fesses n'étaient plus qu'à quelques centimètres. Rasmus était si proche, que de ses doigts, il pouvait toucher les poils roux qui tapissaient le gouffre interfessier. Par réflexe, juste avant de finir en bouillie, le petit champignon blanc se recroquevilla sur lui-même.
Un cri rauque retentit dans l'enceinte de l'auberge du dragon.

- AIE !!!!! Par Dragonus ! Ça pique !

Et la lumière fut.
Les cornes de Rasmus venaient de lui sauver la vie. Le champignon blanc à la queue de dragon voyant l'éclaircie à travers ses paupières, il rouvrit ses yeux et se redressa.
Un immense dragon se tenait debout devant lui. Il le regardait de haut et ne semblait pas être de très bonne humeur. Ce dragon turquoise aux poils roux était vraiment très, très, très poilu pour un dragon.

- Dis donc toi ! Tu fais quoi sur ma chaise ? demanda-t-il.

D'une de ses griffes, il attrapa Rasmus par la bourse et le souleva jusqu'à son visage. Tout en délicatesse, il tapota sur ses petites cornes.

- Voici donc les responsables de mes pauvres fesses endolories, dit-il. Comment te nommes-tu ? Moi je m'appelle Virgoblikstrufolgamothianakrostophiuso. Mais tu peux m'appeler Virgo. Je suis aussi connu sous le nom du rouquin ténébreux. Pourquoi rouquin ténébreux me demanderas-tu ? Bon, j'imagine que « rouquin » tu sais déjà que c'est grâce à mon beau pelage. Mais pourquoi ténébreux ? Alors tu ne devines pas ? Eh bien, c'est grâce à mon charme fou.
- Hum, bien, d'accord, j'avoue que pour le ténébreux, ce n'est pas tout à fait la vision que j'avais, répondit Rasmus d'un ton gêné.
- Oui, oui, oui. Je sais très bien. N'en dis pas plus. Rouquin ce n'est pas terrible, mais tu sais quoi ? Rouquin ça rime avec requin. Et ça, c'est Bim Bam Boum ! Ça claque ! Bon alors, qui es-tu et que viens-tu faire ici ?
- En premier je suis enchanté Virgo. Enchanté que tu ne m'aies pas transformé en tortilla. Moi je me nomme Rasmus. J'ai comme l'impression que toi, tu as un grand besoin de parler.
- Oui c'est vrai excuse-moi, des problèmes d'affection avec une blonde qui triture mes sentiments. Enfin, c'est un autre sujet. Un jour, peut-être, je te raconterai. Bref ! Salutation à toi Rasmus ! Alors, que fais-tu dans un endroit pareil ? Ce n'est pas un établissement recommandable.

239

En particulier pour un malingre comme toi. Tu risques ta vie ici. Regarde autour de toi, cet endroit est un repaire de dragons sanguinaires. Ils sont tous plus pervers les uns que les autres. Et toi, petit, tu m'as l'air de tout sauf d'un dragon sanguinaire ! Ha ! Ha ! Si ça se trouve, je me trompe et tu es pire qu'eux. Ha ! ha ! ha ! Non je taquine ! Sérieusement ? Tu n'es pas dangereux hein ? Décidément, voilà que ça me reprend. Je parle, je parle, et toi, tu attends là que je finisse mes phrases pour me répondre. Bon vas-y frérot. Fais-moi bouger ces mignonnes petites lèvres.
- Bien, par où commencer, s'interrogea Rasmus.
- Heu, excuse-moi de te couper dans ton élan, mais dis-moi, tu n'es pas dangereux ? Pas vrai hein ? s'inquiéta Virgo.
- Non, rassure-toi. Je suis en mission, j'ai une quête à accomplir. Bon, certes je ne sais pas pourquoi je suis ici, mais je suis content d'y être. Mon rêve est d'être aussi fort et aussi grand que vous tous. Je pense que je vais rester ici et m'imprégner de vos habitudes. De plus, cela me semble un bon endroit pour lire.
- Lire ? Tu veux lire ?! Finalement, tu es bien plus fou que nous ! Ha ! Ha ! Ha ! s'esclaffa Virgo
- J'ai en ma possession, un vieux bouquin. Je l'ai trouvé lors de mon précédent voyage. C'est un recueil de recettes magiques.
- Je ne voudrais pas me mêler de ce qui ne me regarde pas, mais tu ne devrais pas jouer avec ça. Un jour, mon cousin Belmur a voulu séduire une sorcière unijambiste. Pour ce faire, il fabriqua un sortilège de charme. Bon, faut avouer que cette

femme était vraiment magnifique. Elle rayonnait de tics faciaux, ça lui provoquait de très séduisantes coulées de bave. C'est ce petit charme qui attira mon cousin. Mais voilà, Belmur s'était trompé d'ingrédient dans sa potion, et elle s'est retournée contre lui. Il était devenu fou de cette sexy sorcière au nez de toucan. Pour cette merveille de la nature, il était prêt à tous les sacrifices. Et c'est justement ce qu'il a fait. Mon regretté cousin a fini en bouillon pour soulager les rhumatismes de sa bien-aimée. Que Dragonus ait pitié de son âme ! En conclusion, ne jamais jouer avec la magie en tant que novice.
- Merci pour ton conseil avisé, mais je dois absolument étudier ce vieux grimoire. Si j'ai bien appris une chose avec cette aventure, c'est que rien n'est dû au hasard. Dans ce vieux bouquin, se trouve peut-être une des clefs de ma quête.
- D'accord, fait comme tu veux ! Ta détermination me plaît. Au moins, toi, tu n'as pas peur de courir à ta perte. Bien, pour scruter ton bouquin, il te faudra du calme, et crois-moi, ce n'est pas ici que tu vas le trouver. D'ici une petite heure, ce tripot sera bondé et les bagarres vont commencer. Le chaos régnera. Tu n'es pas dépourvu de courage, mais vu ta petite taille, tu vas finir en marmelade. J'ai une proposition à te faire Rasmus. Je nous commande une bonne bouteille de lait fermenté de harpie, je t'amène chez moi pour la vider. Dans ma haute tour, tu seras au calme pour lire ton grimoire. Alors, tu penses quoi de ma proposition ? Un bon petit verre de lait fermenté, ça ne se refuse pas !
- On peut boire du lait de harpie ?

- Bien sûr ! Mais il ne vaut mieux pas que je te dise par où on l'extrait ! pouffa Virgo. Enfin, peu importe. La seule chose à savoir, c'est qu'il n'y a rien de mieux au monde qu'un bon lait fermenté de harpie pour entretenir nos boyaux. Avec ça tu craches tes flammes comme jamais ! Alors, mon p'tit gars, tu es partant ?
- Je te remercie pour ta proposition Virgo, et je l'accepte avec plaisir ! Allons goûter cette fameuse boisson ! s'enthousiasma Rasmus.

Après avoir récupéré sa bouteille auprès du bardragon, Virgo emmena Rasmus chez lui.
Sa tour transperçait les nuages, elle était haute, très haute, vraiment très, très haute. Dans cette principauté, tout semblait démesuré.
Du haut de la tour, les deux acolytes dégustaient leur lait fermenté. Le petit côté suret plaisait tant à Rasmus qu'il faillit en oublier son grimoire. Il attrapa sa bourse, l'ouvrit et la secoua au-dessus de leur table de beuverie. Virgo qui s'attendait à voir sortir un impressionnant livre de sorcellerie, n'eut droit qu'à l'apparition triomphale d'une ridicule miette.

- Ah ! Ah ! C'est ça ton grimoire ? Tu ne m'avais pas précisé que c'était celui de la très redoutable puce ensorceleuse ! taquina Virgo.

La miette posée sur la table se mit à vibrer et à briller. Tel du popcorn, le grimoire reprit sa taille originelle.

- Par Dragonus tout puissant ! jura le dragon turquoise.

Rasmus se plongea dans son précieux grimoire. Virgo qui était à lui seul un répertoire de blagues salaces, s'occupait quant à lui de remplir les verres.
Au bout de deux heures, le champignon à la queue de dragon eut une envie pressante. Trop de liquide dans un si petit corps, il fallait bien que ça sorte.

- Virgo, je vais exploser ! Peux-tu m'indiquer les toilettes ?
- Facile ! Tu descends trois étages. Tu tournes dans la salle à gauche et tu uses du coin. Choisis n'importe lequel. Celui qui te séduira le plus.
- Le coin !? Bon, d'accord, à la guerre comme à la guerre ! dit Rasmus
- À Gauche ! n'oublie pas ! insista Virgo

Rasmus n'avait pas le temps de faire la fine bouche, son envie était trop pressante. Dans ces moments-là, n'importe quoi ferait l'affaire, au diable l'hygiène ! Il rangea son grimoire et descendit les escaliers en mode rappel.
Arrivé trois étages plus bas, Rasmus à deux doigts de tout lâcher, tourna à droite. Il poussa une porte de métal noir et pénétra dans une pièce quelque peu inhabituelle. Les murs étaient capitonnés, tous recouverts d'un velours bordeaux. Des outils étranges, tels que cravaches, menottes, pince à tétons et autres, pendouillaient au plafond. Le fond de la pièce était caché par un paravent aux décorations exotiques. De derrière ce dernier provenaient des gémissements affriolants. Rasmus, toujours aussi curieux, s'avança pour jeter un bref coup d'œil.

- Oups ! pardon, dit-il.

Il recula silencieusement, et ferma la porte en douceur. Il traversa le couloir sur la pointe du pied, et entra dans la pièce de gauche où il se soulagea. Après avoir fait sa petite affaire, Rasmus se lança dans l'ascension des escaliers et retourna auprès de son hôte.

- Hum, hum ! Excuse-moi Virgo, mais je peux te poser une question indiscrète ? demanda Rasmus
- Bien sûr frérot ! Demande ce que tu veux !
- Aurais-tu l'amabilité de m'expliquer pourquoi il y a une femme blonde et intégralement nue attachée à un carcan dans ta tour. Et par la même occasion, pourquoi a-t-elle une plume à un endroit qui n'est pas prévu pour ?
- Que Dragonus, Dieu des dragons, me transforme en selle à cheval ! Quel âne que je suis, j'ai oublié ma douce dans le donjon, répondit Virgo en se tapant le front.
- Ta douce ?
- Mais quel âne que je suis, j'ai oublié de la détacher avant de partir au bar. Bon bah, tant pis !
- Tu n'irais pas la détacher maintenant ? demanda Rasmus
- Naaaan, laisse, je la détacherai demain matin. De toute façon, il fait déjà noir dehors. Ce serait trop dangereux pour elle de rentrer.
- Mouais, tu devrais quand même t'assurer qu'elle soit à l'aise.
- Ne te fais pas de soucis pour ça frérot. À l'aise, elle l'est ! Fais-moi confiance, répondit Virgo en faisant un clin d'œil.

Le dragon turquoise avait profité de l'absence de Rasmus pour vider la bouteille. Il n'avait plus toutes ses frites dans le même paquet et se confessa à son nouvel ami. Il expliqua être amoureux d'une princesse promise à un autre. Tous deux étaient amants depuis plusieurs années et se voyaient en cachette. C'était pour eux l'unique moyen de profiter de leur amour. Virgo avoua qu'il ne supportait plus de voir sa belle s'éloigner de lui. Que l'idée qu'elle rejoigne un autre lui devenait insupportable. Il avait donc décidé de la kidnapper et de la séquestrer afin de ne plus ressentir cette douleur qui le rongeait.

- Je vais l'arracher des griffes de ce vilain prince ! Un jour, je lui ferai ma demande en mariage sur le toit de ma tour ! affirma-t-il.

Une larme coulait le long de sa grande moustache rousse.

- Rappelle-toi l'histoire de ton cousin. Sois prudent tout de même. Si elle t'aime, elle fera le nécessaire pour soulager tes peines. Sache qu'à tout problème, existe une solution. Tu verras, un jour tout s'arrangera, dit Rasmus.
- Oui frérot ! Par Dragonus ! tu as raison. Parfois, je me perds. Je fais tant de choses pour arranger notre situation, toujours en vain. Je ne sais plus quoi faire, plus quoi penser.
- Ce n'est pas évident de répondre à ça, mais je te conseillerais de sonder ton cœur et de l'écouter. Écouter son cœur est à mon sens, la meilleure façon d'éviter les regrets. Pour moi, il n'y a rien de pire que le poids du regret.

- Tu as raison, je vais suivre ton conseil et écouter mon cœur ! Bon, je vais la libérer et la ramener chez elle. Attends-moi là, je n'en ai pas pour longtemps frérot.

Le grand dragon turquoise descendit délivrer sa belle.

Rasmus disparut.

Notre champignon voyageur se retrouva dans une grotte. L'air y était frais, mais la quiétude qui y régnait était propice à la lecture. Cette petite cavité située au sommet d'une montagne, isolée de tout, était une bénédiction. Enfin, Rasmus allait pouvoir se concentrer sur son recueil de sortilèges, et ce, sans que personne ne vienne le perturber. Tout ce qui lui manquait était une table pour poser son grimoire. Une bonne occasion pour cet apprenti sorcier de tester une formule magique étudiée chez Virgo. Un sort de sculpteur qui façonnait la roche.
Rasmus prononça les mots magiques, et de ses mains, se dégagea une fumée mauve. Du bout de ses petits doigts, il modela une grosse roche en autel. Cela étant fait, l'heure était venue d'étudier la magie. Il attrapa sa bourse et la vida sur l'autel. Le livre reprit sa forme initiale et s'ouvrit à l'endroit même où Rasmus avait arrêté sa lecture.

Bon Sang ! À peine venait-il d'entamer sa lecture qu'un bruit de caillasse l'interrompit. Il se précipita vers l'entrée de la grotte et scruta les environs. Une jeune enfant courrait droit dans sa direction. L'effroi se lisait sur son visage. Elle regardait par-delà son épaule comme si la mort la poursuivait.

Il n'y avait pas une minute à perdre. Rasmus devait au plus vite ramasser son grimoire et se cacher. Mieux valait rester discret et ne prendre aucun risque. Le champignon voyageur bondit vers l'autel et attrapa sa bourse.
Il était trop tard ! L'intruse n'était plus qu'à quelques pas de l'entrée. Elle était si proche que Rasmus entendait son souffle.
Il laissa son grimoire et trouva un lieu où se cacher. De justesse, il se terra dans l'ombre d'une stalagmite avant l'arrivée de la fille. La peau de cette enfant était très claire. Elle avait une longue et magnifique chevelure de couleur rouge. Elle s'était arrêtée dans l'entrée pour reprendre son souffle.

Derrière sa stalagmite, Rasmus l'observait. La jeune fille regarda furtivement dehors pour s'assurer de ne pas avoir été suivie et pénétra dans la grotte. Elle s'assit au sol, se recroquevilla sur elle-même et se mit à pleurer. Une fois la pression redescendue, la jeune fille aux cheveux de feu reprit courage. Elle sécha ses larmes et se releva pour inspecter l'abri. Elle découvrit l'autel et le grimoire. Intriguée par ce dernier, elle se pencha et lut la page ouverte.

Rasmus disparut.

Notre champignon voyageur débarqua dans un environnement hostile. L'air y était poussiéreux et suffocant. Une chaleur infernale frappait de plein fouet un sol asséché. Aucune végétation n'était présente, tout n'était que désert.

À peine était-il arrivé que la soif se fit déjà ressentir. Sous le poids de cette chaleur infernale, Rasmus avait mis du temps à remarquer sa nouvelle mutation, deux petites ailes situées entre ses omoplates. Grâce à cette nouvelle transformation, il allait pouvoir voler. C'en était fini des longues marches, mais avant cela, il fallait s'entraîner.
Il s'y familiarisa, et, après quelques chutes, il apprit à voler.

L'apprentissage terminé, il lui fallait trouver de quoi étancher sa soif. À cause de cette température, il n'allait pas tarder à devenir aussi sec qu'un haricot.
Il se mit à la recherche d'eau en survolant les plaines désertiques. Cette planète avait triste mine. Elle était vidée de toute substance. Il n'y avait aucune vie à l'horizon, pas même l'infime trace d'un végétal. Seule la désolation s'exhibait sous ses yeux.
Lors de son exploration, il tomba sur une immense bâtisse. De cette dernière se dégageait une fumée à l'odeur fétide. L'air en altitude était irrespirable. Il n'y avait d'autre choix que de redescendre au niveau du sol. En s'approchant, Rasmus aperçut un lion. Au vu de son état, la fin était proche pour cette pauvre bête maigrichonne. Il était statique face à l'entrée de l'édifice. De colossales portes en métal lui empêchaient toute progression. Le lion affichait le désespoir sur son visage.

De l'autre côté du mur d'acier, de drôles de petits bonshommes mécaniques entassaient des caisses dans une cour. L'immense bâtisse était une usine. Rasmus, intrigué, décida d'aller voir d'un peu plus près. En toute discrétion, il se rendit vers les lucarnes décoratives de la toiture du bâtiment. Le petit champignon passait de vitre en vitre en allant de surprise en surprise. Ce qu'il vit était si fou qu'il n'en croyait pas ses yeux.

Cette fabrique était en réalité plus une prison qu'autre chose. Entre ses murs était enfermé tout ce qui manquait à cette planète.
Une de ses pièces renfermait même une mer d'eau douce.
Tout ceci était totalement absurde. À l'aide d'une de ses griffes, il dessina un cercle sur la vitre de la lucarne et la brisa. Il entra dans la salle d'eau et plongea tête la première.

- Enfin à boire ! J'ai cru mourir, se disait-il

À chaque gorgée d'eau, le corps de Rasmus se mettait à briller. En un instant, il récupéra ses forces. Il devait maintenant sauver ce lion. Il déploya ses ailes et s'envola par le trou. Il se faufila parmi les caisses entassées et rejoignit les portes métalliques.

Le lion à la triste mine se trouvait toujours de l'autre côté. Il était de plus en plus las et dépité. Si jamais cette pauvre bête perdait patience et rebroussait chemin, elle était perdue. Son seul salut était ici même. Rasmus devait ouvrir ces satanées portes.
Elles n'avaient ni serrure ni poignée et pesaient plusieurs tonnes. Donc il devait forcément y avoir un mécanisme d'ouverture.
Rasmus les inspecta dans les moindres détails. Il était là, camouflé parmi les décorations du chambranle, un

bouton en forme de feuille, estampillé Toca-Loca. Il appuya dessus et les portes s'ouvrirent.

Rasmus disparut.

Il faisait beau, le soleil brillait et les oiseaux chantaient. La végétation régnait tout autour de notre champignon voyageur. Dans cette forêt d'eucalyptus, tout était féérique. Ce décor affriolant était incomparable à ceux de ses précédents voyages. Des cris de joie faisaient écho à travers la cime des arbres. Guidé par cette euphorie, Rasmus plana au-dessus des hautes branches. Après tant de mésaventures, un peu de bonheur ne pouvait lui être que bénéfique.

Tout ce tintamarre mena Rasmus droit sur une tribu. Une tribu de koalas qui vivait au sommet des eucalyptus. Ce jour-là, ils célébraient un évènement. Les koalas musiciens rythmaient les pas au son de leurs tambours. Ils festoyaient comme seules ces petites bêtes à poil savaient le faire. Ils buvaient, chantaient, buvaient encore et riaient aux éclats.
Lorsque Rasmus apparut par au-delà des arbres, il fut accueilli telle une divinité. Les koalas l'installèrent au banquet où il reçut à boire et à manger. Le breuvage conçu à partir de feuilles d'eucalyptus macérées dans la rosée du matin n'avait rien à envier au fameux lait de harpie. Quel bonheur immense pour Rasmus que d'être parmi eux. Boissons, rires, musique, tout était organisé pour le plaisir de tous.

Après avoir bien mangé et bien bu, les enfants de la tribu vinrent le chercher à table. Ils le tirèrent jusqu'au centre d'une piste où était effectuée la danse de l'espérance. Cette danse traditionnelle était une cérémonie sacrée. Elle consistait à taper du pied en se balançant et en se secouant les épaules. Les danseurs ressemblaient à de vieux cocotiers pris au piège dans un ouragan. Cette danse de l'espérance était destinée aux nouvelles naissances. Elle avait pour but d'offrir une protection divine aux nouveau-nés. Entouré d'une dizaine de petits koalas turbulents, Rasmus tentait, non sans peine, de suivre la cadence. Il faut dire que les petits bouts de choux ne lui facilitaient pas la tâche. Intrigués par ses ailes, ils ne cessaient de les tripoter.

L'ancienne de la tribu, une très vielle femelle, l'invita à la suivre. Ils grimpèrent sur une branche et passèrent sur un autre arbre. Le tronc de ce dernier était creux. La cavité abritait une chambre d'accouchement. À l'intérieur, une jeune femelle koala venait de donner vie. Elle tenait dans ses bras un beau bébé joufflu.

   - Oh ! Il est trop chou ! s'extasia Rasmus.
   - Merci, c'est une petite fille. Regardez, elle vous sourit déjà, elle semble bien vous apprécier, répondit la jeune maman koala.
   - Vous avez fait le plus beau bébé du monde ! Elle est très jolie et si souriante. Regardez-moi ces beaux gros yeux globuleux.

Rasmus tenait à faire un cadeau à ce beau bébé. C'était pour lui le minimum en remerciement à l'accueil reçu. Mais voilà, il n'avait plus rien. Sa bourse était vide, et il avait perdu son précieux grimoire. Il devait trouver une solution à ce dilemme. Rasmus qui fouillait dans les

tréfonds de sa mémoire se souvint d'une bénédiction du grimoire. Si seulement il pouvait se rappeler des mots exacts. Bénir cet enfant pour lui assurer bonheur et joie dans sa vie serait un présent inestimable.
Rasmus se concentra sur les paroles de l'incantation. Sur ce coup, il s'agissait de ne pas se planter. Soudain, il eut le déclic.
Rasmus se rapprocha du nouveau-né, posa la main sur son visage en fermant les yeux. Il prononça sa formule magique et rouvrit les yeux.

Rasmus disparut.

Le champignon voyageur traversa le temps pour se rendre sur le toit d'un manoir. Cette construction de marbre située au sommet d'une colline avait une vue dominante sur le royaume de Vilgarde. Le jardin était en fleur, et l'air chargé en pollen.
Sans crier gare, Rasmus se frappa le front de sa petite patte.

- Mais oui, ça me revient ! mais quel sot ! s'écria-t-il.

Les souvenirs lui étaient revenus. Il s'était trompé d'incantation. Les mots récités au bébé koala n'étaient pas les bons. Il avait utilisé ceux prononcés par Felyna pour lui faire don de la parole.

- Plus de peur que de mal, j'aurais pu me tromper avec un sort plus dangereux. Il ne reste plus qu'à espérer que cela lui soit profitable, se dit-il lorsqu'il fut interrompu.

Une fenêtre grinçante du manoir s'ouvrit. Une grosse main velue sortit et lâcha quelque chose. C'était la tige d'une fleur morte. Au même moment, du pollen vint chatouiller les narines de Rasmus et le fit éternuer. Son éternuement était si fort, que sans le vouloir, il battit des ailes. C'était un battement si puissant, qu'il le propulsa dans les airs et créa une bourrasque qui souffla la tige au loin.

Rasmus disparut.

Le champignon voyageur se retrouva au pied d'un arbre entouré de marguerites. Il était au beau milieu de la jungle. Des sanglots attirèrent son attention alors qu'il reniflait ces somptueuses marguerites.
Une jeune autochtone adossée contre un arbre était en pleurs. Son chagrin paraissait insurmontable. Elle pleurait à chaudes larmes et avait peine à respirer. Elle tenait dans sa main une fiole qu'elle regardait avec hésitation. Après de longues minutes, elle ouvrit la fiole et déposa le bouchon sur l'herbe. L'herbe sous le bouchon noircit et mourut aussitôt.

- Du poison ! S'horrifia Rasmus. Sa douleur est-elle si forte, qu'elle préfère mettre un terme à sa vie ?

Rasmus ne pouvait se résigner à la regarder mourir. Il devait intervenir, et vite. Tandis qu'elle menait la fiole à sa bouche, Rasmus effectua le premier sort qui lui vint à l'esprit. Il arracha une marguerite, la tendit vers la fille et prononça une formule magique. La fleur qu'il tendait

s'évapora. La jeune autochtone disparut également pour laisser place à une lumineuse marguerite.
Rasmus venait d'effectuer un sort de transmutation qui emprisonnait les êtres jusqu'à la guérison de leurs âmes meurtries.

Rasmus disparut.

Il apparut haut dans le ciel parmi des nuages gris. Une tempête faisait rage. La forte pluie et les éclairs l'aveuglaient. Ses ailes étaient engourdies par son voyage spatio-temporel. N'arrivant pas à les déployer, il ne pouvait voler et était en chute libre. La pression de la pesanteur qui pesait sur son corps l'alourdissait.

PLOUF !

Rasmus tomba dans les eaux profondes d'un océan déchaîné. Des picotements parcouraient son corps. La violence de l'impact l'avait sonné, mais il était vital de se ressaisir. Il devait remonter à la surface sous peine de finir en friandise pour poissons. Rasmus reprit ses esprits et se mit à nager. Lorsqu'il commença ses premières brasses, il se rendit compte du prodigieux miracle.

- UN DRAGON ! s'écria-t-il.

Cette fois, c'était pour de bon. Son rêve le plus fou venait de se réaliser. Le petit champignon blanc était devenu un majestueux dragon. Il était grand, il était fort, ses écailles blanches étincelaient comme la neige éternelle des montagnes ancestrales. Sur son dos, une rangée de cornes argentées reflétait les éclats de la pleine lune.

Il lui fallait fournir un dernier effort, sous peine de ne jamais profiter de ce nouveau corps. L'oxygène commençait à manquer, mais la surface de l'eau s'entrevoyait. Plus que quelques brasses et il serait sauvé. Alors qu'il s'apprêtait à rejoindre l'air libre, une ombre lui passa par-dessus. C'était un bateau à deux mâts, plus connu sous le nom de brick, qui entravait sa route. Rasmus s'approchait dangereusement de la coque. Il allait la percuter de plein fouet. Sous risque d'être assommé et de se noyer, le dragon n'avait d'autre choix que de replonger. De justesse, il put éviter la collision frontale, mais malencontreusement, de son dos cornu, il ébrécha le brick. Ses cornes argentées avaient scié le bois de la coque.

Rasmus s'éloigna du brick afin d'atteindre la surface en sécurité. Lors de ses quelques brasses supplémentaires, il croisa une seiche. Cette dernière qui se promenait dans les environs, ne trouva rien de plus intelligent à faire, que de s'accrocher à son crâne. Et c'est ainsi, coiffé d'une seiche visqueuse, que le majestueux dragon ressortit de l'eau.

- Oups, mille pardons, pas fait exprès ! s'excusa-t-il auprès de l'équipage du brick.

Rasmus s'envolait avec sa seiche, pendant que derrière lui, le deux-mâts sombrait dans les profondeurs de l'océan. Sur la poupe de ce dernier, les mots suivants étaient écrits : « El Culito Lugùbre »

Rasmus disparut.

Le voyage l'amena dans une nouvelle grotte située au sommet d'un volcan. Contrairement à la précédente, celle-ci était vaste. Dans son entrée, un petit geyser régulait la température ambiante. Désireux d'immortaliser son incroyable odyssée, Rasmus profita de l'opportunité pour se découvrir une nouvelle passion, la peinture.

Il ramassa au sol une roche creuse en forme de bol. De sa patte avant droite, il attrapa sa seiche et la pressa au-dessus du bol pour le remplir d'encre. Il plongea ensuite la seiche dans le geyser et la mangea. Rasmus requinqué pouvait enfin s'attaquer à son œuvre. Il trempa sa longue griffe dans l'encre et commença à peindre son autoportrait dans la grotte.

Le bruit de chevaux au galop parvint à son oreille. Une armée de soldats se dirigeait vers le volcan. Décidément, le destin s'acharnait sur lui, Rasmus n'avait droit à aucun répit. Les cavaliers lourdement équipés s'arrêtèrent au pied de la montagne. Six hommes se détachèrent du groupe et entamèrent une ascension du volcan. Rasmus devait faire acte de prudence. Nul ne pouvait savoir quelle était l'intention de ces soldats. Le dragon prit un instant de réflexion avant de recouvrir le bol d'encre de sa patte et de prononcer une incantation. D'un geste vif, il souleva sa patte du bol. L'encre qui s'était changée en poudre se répandit à travers toute la grotte. L'heure était venue de vérifier l'efficacité du sort d'illusion. Le dragon Rasmus retourna à sa fresque.

Un homme muni d'une épée et d'une torche pénétra dans la grotte. À la vue de Rasmus, il rangea son épée dans son fourreau. L'illusion fonctionnait. Là où le dragon œuvrait, lui ne voyait qu'un ermite vêtu de blanc occupé à esquisser un dragon. Cet homme, qui n'était autre que le roi Tancrède du royaume d'Ezhert, l'interpella. Il était à la recherche d'un dragon pour satisfaire les envies de sa fille Cyrielle. Rasmus prévint le roi des méfaits que pouvait avoir un acte lorsque celui-ci n'avait pas de réelle bonne attention. Il lui dit également que le dragon ne se présentait que devant un cœur pur. Si sa fille voulait voir un dragon, elle devait le mériter. Les mots sages du vieil ermite avaient réussi à atteindre le cœur du roi qui repartit auprès de ses troupes.

Rasmus ne disparut pas.

Pour finir sa quête, il devait honorer sa promesse faite au roi Tancrède. Durant de nombreuses années, le dragon blanc se consacra à la peinture et à l'exploration du royaume. Au fil du temps, il constata les changements. La famille royale faisait l'unanimité auprès de son peuple. Tancrède et sa fille étaient chéris de tous. Le moment était donc venu pour le dragon blanc de faire son apparition.

Pour les dix-huit printemps de la princesse, Rasmus se présenta à elle. Cette improbable rencontre lui offrit une certitude. La bonté finissait toujours, tôt ou tard, par être récompensée. C'était pourquoi chaque décision devait être prise à l'écoute de son cœur. La voie qu'elle décida

d'entreprendre cette nuit-là allait faire d'elle la plus aimée de toutes les reines.
La princesse admirait ce dragon fièrement dressé et le remercia d'avoir été son guide.

Rasmus disparut.

Cet ultime voyage scella le pacte entre Rasmus et Felyna. Ainsi, rien n'est impossible à celui qui s'accroche à ses rêves. Qui aurait pu penser qu'un jour, un frêle eucaryote deviendrait, un dragon légendaire.

La mère referma le recueil original de Rasmus.

- Et voilà les enfants, c'est ainsi que le premier dragon naquit sur cette terre. L'histoire est finie. Il est temps d'aller dormir maintenant.
- Maman ! C'est vraiment tout ce qui est arrivé à arrière-grand-père ?
- Oui mon enfant, ce vieux bouquin a été écrit par mon grand-père, Rasmus en personne. À travers ses écrits, il nous transmet les valeurs qui lui étaient chères.
- Maman, quand je serai grand je voyagerai comme grand-papi et je transmettrai son message d'amour à tous !
- Oui ! Moi aussi maman, et tu seras fière de moi !
- Mes chéris, j'en suis certaine et vous êtes déjà toute ma fierté. Tout comme Rasmus, vous ferez vos propres voyages et créerez vos propres histoires.
Mais pour l'heure, il faut fermer les yeux et se laisser bercer par son imagination.

Bonne nuit mes amours.

FIN

© 2025 Alexandre J. Weckx
Édition : BoD · Books on Demand, 31 avenue Saint-Rémy, 57600 Forbach, bod@bod.fr
Impression : Libri Plureos GmbH, Friedensallee 273, 22763 Hamburg (Allemagne)
ISBN : 978-2-8106-2785-1
Dépôt légal : Février 2025